Le Journal
d'Aurélie Laflamme

INDIA DESJARDINS

Le Journal d'Aurélie Laflamme

Tome 2 : Sur le point de craquer !

Michel LAFON POCHE

DÉJÀ PARU :

Le Journal d'Aurélie Laflamme,
tome 1 : *Extraterrestre… ou presque !*

À PARAÎTRE :

Le Journal d'Aurélie Laflamme,
tome 3 : *Un été chez ma grand-mère*

© Les Éditions des Intouchables, Montréal, 2006
Publié avec l'autorisation des Éditions des Intouchables,
Montréal, Québec, Canada.
Illustrations intérieures : Josée Tellier
© Éditions Michel Lafon Poche, 2013, pour la présente édition
7-13, boulevard Paul-Émile-Victor – Île de la Jatte
92521 Neuilly-sur-Seine Cedex
www.lire-en-serie.com

À Roxanne

Complètement légume

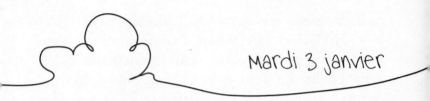

J'ai la langue à terre. Pas parce que j'ai récemment développé un intérêt particulier pour le tapis ou l'asphalte, mais parce que je suis fatiguée. Il faut dire que j'ai eu une année chargée !

Bilan de mon année :

• Je me suis disputée avec ma meilleure amie, Kat, pour une bêtise. Et heureusement, nous nous sommes réconciliées.

• Kat a un petit copain, Truch (Jean-David Truchon), un mec que je trouve prétentieux (ne pas le dire à Kat), et elle est devenue une totale nouvelle personne, pas nécessairement dans le bon sens. On dirait que son cerveau est devenu de la guimauve et que, maintenant, son seul intérêt dans la vie est son mec.

• J'ai eu le flash d'une théorie un peu folle comme quoi (hi ! hi ! c'est naïf) mon père ne serait pas décédé, mais plutôt (hi ! hi ! je suis gênée) un extraterrestre (ha !

ha !) de retour sur sa (hi ! hi !) planète natale (HA ! HA ! HA ! HA ! HA !). Bon, j'avoue que moi-même je me sens parfois comme une extraterrestre qu'on aurait oubliée sur Terre après un voyage intergalactique (genre E.T., mais avec une apparence légèrement plus attrayante). Alors, le fait de penser que j'avais du sang extraterrestre (les extraterrestres ont-ils du sang ?) dans les veines (les extraterrestres ont-ils des veines ?) me rassurait peut-être un peu.

• J'ai pensé, avec preuves à l'appui, que ma mère sortait avec mon directeur, et je me suis royalement trompée ! Denis Beaulieu ne l'intéresse que pour parler de mon mauvais comportement (justifié, selon moi) à l'école et aucunement « romantiquement » parlant. J'ai plutôt découvert qu'après des années de deuil intense, elle a décidé (beurk) de se trouver un copain (beurk) par le biais (franchement !) d'Internet.

• En parlant de ma mère, j'ai découvert malgré moi et totalement par hasard qu'elle portait des strings, ce qui m'a causé un énooooorme traumatisme.

• À l'école, mes notes ne sont pas si bonnes, mais je tente d'améliorer ma situation. Ça a déjà commencé en français. Pour un travail, je me suis vraiment forcée et, même si je suis la plus nulle du meilleur groupe depuis le début de l'année, j'ai eu la meilleure note !

J'ai écrit un poème qui a été très apprécié par ma prof, Marie-Claude. Et je compte en écrire d'autres.

• Pour Noël, j'ai eu un minou (Sybil, la plus belle petite minoune de la planète !!!). J'ai eu aussi : un nouveau journal (de ma tante Louise), des BD (de ma mère et de ma tante) et un iPod (de mes grands-parents Charbonneau et de ma grand-mère Laflamme qui se sont cotisés !!!). À part le fait que mon père n'était pas là, c'était un de mes meilleurs Noëls !

• Ah oui, dernière chose… J'ai roulé une pelle (hi ! hi !). À Nicolas. C'est un garçon qui sent le bon assouplissant et son haleine (hi ! hi ! vérifié parce que j'étais, disons, assez proche), le chewing-gum au melon. Depuis, je ne l'ai pas revu. Je n'ose pas retourner à l'animalerie où il travaille, même si ma mère m'a dit que c'est grâce à lui que j'ai pu avoir ma belle Sybil. (Il la gardait pour moi : trop mignon !) On ne s'est pas donné de nouvelles depuis qu'on s'est embrassés, le 23 décembre dernier.

14h12

Je change de position sur mon lit. J'écrivais tout ça dans mon nouveau journal, couchée sur le ventre, et j'ai commencé à avoir le bras engourdi. Sybil est au pied de mon lit et elle s'acharne contre le reflet de ma montre sur le mur (je fais un peu exprès, c'est trop drôle de la voir sauter). Avant de plonger dans mes résolutions pour la nouvelle année, je joue un peu avec elle. Je ne peux m'empêcher de la prendre dans mes bras et de lui donner plein de bisous sur son petit nez rose. Elle est tellement mimi ! Elle est mignonne dans tout ce qu'elle fait : quand elle se gratte, quand elle se lave, quand elle fait « miaouuuu », quand elle joue avec quelque chose avec ses petites pattes… Je l'adore ! Et je crois que c'est une chatte à l'intelligence supérieure ! On n'a même pas été obligées de lui apprendre à aller dans sa litière, elle y est allée tout de suite ! Depuis que je l'ai, elle dort toujours avec moi, et on dirait qu'elle sait que sa chambre, c'est *ma* chambre. Et l'autre jour, ma mère a passé une heure à lui faire des bisous en disant « bisou, bisou » chaque fois qu'elle s'apprêtait à l'embrasser. Sur le coup, j'ai trouvé ma mère vraiment niaise, mais depuis ce jour-là, chaque fois qu'on dit le mot « bisou », Sybil lève son petit museau dans les airs, comme si elle savait ce qu'on voulait dire ! Elle est trop, trop, trop mignonne !

Ma mère m'a proposé qu'on n'envoie pas Sybil dehors et qu'on la fasse dégriffer quand elle serait un peu plus vieille. Je suis d'accord. Je ne voudrais pas la perdre. Jamais. D'ailleurs, j'ai promis à Sybil de ne jamais partir sans elle. Pendant les fêtes, je l'ai emmenée partout dans ma famille et tout le monde l'a a-do-rée !

14 h 30

Mes résolutions pour la nouvelle année :

1) Aider davantage ma mère à faire le ménage. Elle me le demande souvent, et j'avoue que je pourrais me montrer un peu plus copérative… coopérative ? Voyons, comment ça s'écrit ?

2) Chercher les mots que je ne connais pas dans le dictionnaire. (Coopérative, voilà ! Déjà une résolution de tenue !)

3) Ne plus me disputer avec Kat. (Ce qui veut dire suivre les règles : ne pas dire qu'on a kiffé des chanteuses pop qui ne sont plus à la mode, ne pas dire que j'aime des films pour enfants genre *La Petite Sirène* et ne pas laisser les garçons briser notre amitié.)

4) Ne pas dire à Kat que je trouve Truch prétentieux, affecté, ampoulé, arrogant, crâneur, emphatique, guindé, immodeste, inabordable, insolent, m'as-tu-vu, maniéré, orgueilleux, outrecuidant, pédant, pontifiant, poseur, précieux, présomptueux, ronflant, suffisant, supérieur, vain, vaniteux, vide. (Ma nouvelle résolution de regarder dans le dictionnaire est une super résolution ! Il y a vraiment plein de synonymes pour décrire Truch !)

5) Améliorer mes notes. Je suis vraiment nulle en anglais. En maths. En géo. Et, en français, je suis bonne,

vu que je suis dans le groupe des meilleurs, mais je suis la plus nulle du groupe. Faudrait que ça change. Peut-être faudrait-il que j'écrive plus de poèmes ?
En voici un :

Un skateur charmeur
A fait un ollie dans mon cœur
Heureusement... ce n'est pas un... voleur ? tombeur ?
moteur ? chanteur ?
Ô, que j'aime... les rimes en « eur » !

(Bon, travailler mon côté poète. Il est vrai que le poème que j'ai remis en français était très travaillé et que celui-là est spontané, alors...)
6) Faire plus de sport.
7) Ne pas trop m'emballer avec « l'affaire Nicolas ». (D'ailleurs, précision, ce n'est *pas* lui qui m'a inspiré le poème du skateur... C'était vraiment seulement... l'inspiration du moment.) J'aimerais voir mon premier baiser comme une simple expérience de vie et non comme une potentielle histoire d'amour. Avec toutes mes résolutions, j'entrevois avoir du pain sur la planche cette année, et ce n'est pas en devenant comme Kat et en gaspillant toute mon énergie pour un garçon que je vais atteindre mes buts. Ça ne me tente pas de virer guimauve et de devoir changer mes habitudes de vie juste

pour un mec ! La seule chose qui me titille, disons, c'est que ça va me gêner de revoir Nicolas. Maintenant qu'on s'est embrassés, comment agit-on l'un envers l'autre ? De toute façon, ce n'est pas comme si c'était, disons, un problème pour l'instant parce que depuis cet « événement », on ne s'est pas donné de nouvelles. Han ! Il s'est peut-être fait *enlever* par les extraterrestres !

8) Tenter d'arrêter de toujours tout mettre sur le dos des extraterrestres.

9) Essayer de ne pas trop m'en faire sur le fait de revoir Nicolas (peut-être qu'il serait même bon de l'éviter, ou carrément de déménager).

10) Proposer à ma mère de déménager.

18 heures

Ma mère refuse catégoriquement de déménager. Je lui en ai parlé pendant le dîner (steak, patates et brocolis… je n'avais plus vraiment faim arrivée aux brocolis). J'ai tout essayé : ma chambre est trop petite, il y aurait moins de bazar (ça, je croyais vraiment que ça la ferait réagir), si tu dis oui, je mangerai tous mes brocolis, etc. Elle n'a pas bronché. Elle m'a ensuite demandé pourquoi je tenais tant à déménager. Je n'ai pas osé lui dire que c'est parce que j'avais embrassé quelqu'un et qu'il serait préférable que je ne le croise plus pour éviter toute forme de malaise entre nous. Il y a des choses

17

qu'il vaut mieux garder secrètes. Alors, j'ai dit que je croyais qu'un changement nous serait profitable. Ma mère a trouvé mon argument convaincant et m'a proposé de changer la décoration de la maison. Elle m'a dit qu'on allait repeindre ensemble et que ça nous ferait un beau projet commun. Elle était tout excitée. Bravo à moi-même (autosarcasme) ! Je viens de me mettre quarante mille ans de tâches ménagères sur les épaules ! Moi qui suis déjà épuisée !

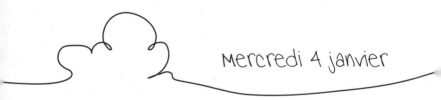

mercredi 4 janvier

Pour Noël, ma mère a eu un ordinateur portable. En fait, ses parents lui en ont financé la moitié. C'est cool, parce que je peux recharger mon iPod dessus. Et notre ancien ordinateur était tellement vieux qu'il était impossible d'avoir Internet haut débit et ça prenait un million d'années pour trouver un site. Depuis qu'elle a son portable, elle chatte. Elle a tenu sa résolution de s'inscrire sur un site de rencontres et on dirait qu'elle est accro.

19 h 15

Pendant que je défais le sapin avec ma mère, je me demande (silencieusement, évidemment, j'ai mes secrets) pourquoi Nicolas n'a pas essayé de me voir ou de m'appeler. Bon, j'avoue, il n'a pas mon numéro de téléphone. Après s'être embrassés, on était assez bouleversés. Lui, il est retourné travailler à l'animalerie, et moi, je suis rentrée chez moi (transportée par un nuage, selon mes souvenirs). Mais un numéro de téléphone, c'est assez facile à trouver. Il n'est pas débrouillard ! Qui veut d'un garçon pas débrouillard ? Pas moi, puisque selon mes résolutions, je n'ai aucun temps à consacrer à une potentielle histoire d'amour. Mais c'est quand même toujours moi qui allais le voir à l'animalerie ! Bon, je n'y allais pas *vraiment* pour lui, c'était *surtout* pour Sybil, mais quand même, il pourrait faire un effort pour venir un peu vers moi de temps en temps ! Bon, ce sont les vacances de Noël, ça se peut qu'il doive, tout comme Kat, aller dans sa famille qui habite aux quatre coins du Québec et qu'il soit à Trifouillis-les-Oies et qu'il n'y ait pas de téléphone.

(Pfff ! Comme si ça se pouvait dans l'ère numérique dans laquelle nous sommes !)

19 h 20

Ah noooooooooooon ! Je fais exactement le contraire de ma bonne résolution ! Je suis en train de m'emballer, je me transforme et je suis sur le point de virer guimauve. Très mauvais. Très, très mauvais.

Remarque que ça ne me surprend pas de moi, j'ai toujours du mal à tenir mes résolutions. L'an dernier, j'étais résolue à arrêter de manger des biscuits au chocolat et, une heure après avoir écrit cette résolution, j'ai mangé TOUT UN PAQUET DE BISCUITS ! J'étais également résolue à devenir championne de natation. J'ai intégré une équipe, j'ai participé à une compétition et j'étais teeeeellement lente qu'ils ont commencé la seconde compétition avant même que j'aie terminé ma longueur (je suis invisible ou quoi ?). J'ai lâché l'équipe. Pas parce que je suis une lâcheuse, mais parce que j'ai une certaine dignité à conserver et que j'ai découvert ce jour-là que j'étais contre toute forme de compétition (c'est totalement par hasard que j'ai eu cette révélation cette journée-là).

19 h 23

Ma mère (déposant une boule dans la boîte de décorations de Noël) : À quoi tu penses, ma belle ?

Moi : Euh… euh… (Surtout, ne pas parler de Nicolas.)
À la fois où ils ont commencé une compétition avant
que j'aie terminé la longueur.
Ma mère : Oh, pauvre 'tite choupinette ! (Elle me
prend dans ses bras.) T'en fais pas avec ça. Moi, je
trouvais que tu te débrouillais très bien.
Oh là là !

Jeudi 5 janvier

Je viens de décider que je m'en fous de ne pas avoir
de nouvelles de Nicolas. J'ai vécu toute ma vie
– c'est-à-dire quatorze ans – sans qu'on s'appelle. Je
pense que je peux passer les prochains soixante-dix ans
comme ça sans que ça ne change rien.

18 h 1

Après le dîner, ma mère est à fond.

Ma mère : Aurélie, viens, on va à la quincaillerie choisir nos nouvelles couleurs !

Moi : Tu ne chattes pas ?

Ma mère : Je fais une overdose d'écran cathodique ! Il faut que je sorte ! Toi aussi. Allez, ça va nous faire du bien de changer d'air !

Moi : Hmmm… Ce serait sympa, mais il faut que je reste ici pour… euh… Sybil. Elle est malade.

Ma mère jette un regard sur Sybil qui saute pour essayer d'attraper la ceinture de son manteau.

Ma mère : Malade ?

Moi : C'est une maladie rare du… cerveau. Je pense qu'il faut la surveiller. Elle pourrait briser quelque chose dans la maison et tu pourrais revenir et tout serait en bordel et tes divans déchiquetés ou quelque chose comme ça.

Ma mère : Ton chat ne fait pas dix centimètres ! Avant de détruire quoi que ce soit, ça va prendre une éternité. Allez, viens !

À l'agenda : trouver des bonnes vitamines à Sybil pour que la raison « destruction massive d'une maison » puisse éventuellement devenir un alibi pour ne pas être obligée d'aller dans une quincaillerie.

18 h 30

Ma mère et moi sommes dans les allées à la recherche de la peinture. Ça fait un bon bout de temps que nos murs sont de la même couleur. Je ne me souviens pas quand on les a repeints pour la dernière fois. C'est certain que mon père était encore en vie. Donc, plus de cinq ans.

19 h 5

Ça fait combien de temps qu'on est devant les palettes de couleur ? Une é-ter-ni-té ! Il y a plein de couleurs qui se ressemblent, sauf avec une petite nuance légère qui, semble-t-il, paraît sur le mur. Et la musique de la quincaillerie est très déprimante et ma mère ne veut pas que j'écoute mon iPod, car elle dit que ça nous empêche de communiquer (soupir).

Moi : Maman, t'es sûre que tu veux repeindre tout de suite ?

Ma mère (excitée) : Oui, c'est une idée géniale que tu as eue !

Moi : Ouais, bof.

Ma mère : Qu'est-ce qu'il y a ? Tu as changé d'avis ?

Moi : C'est juste que je ne sais pas si c'est le bon moment. J'ai fait ma liste de résolutions pour la nouvelle année et je voudrais vraiment améliorer mes résultats scolaires… et… t'aider plus à faire le ménage. Déjà, ces deux résolutions sont assez prenantes. Et toi… tu oublies ta résolution de te trouver un copain. Ça se peut que tu chattes longtemps avant de trouver quelqu'un. Si on passe toutes nos fins de semaine à peindre, on va avoir du mal à tout faire.

Argument-choc. Je l'ai déduit à l'expression de ma mère.

Ma mère : Tu as peut-être raison. (Elle regarde les palettes de couleurs qu'elle tient dans ses mains.) Hum… Ça ne te dérange pas que j'aie un copain ?

Moi : Non. (Non dit : Oui, mais ça peut prendre une éternité avant que ça arrive ! Ha ! ha !)

Ma mère m'a regardée, puis a posé de nouveau ses yeux sur les échantillons de couleur « café givré » qu'elle tenait dans ses mains. Et elle m'a dit qu'attendre le printemps était une bonne idée. Surtout parce qu'on allait pouvoir ouvrir les fenêtres. Elle a dit qu'elle s'était peut-être emballée trop vite et m'a avoué qu'elle était dans une « énergie de changement ». J'ai quand même choisi la couleur « rouge cerise », car je trouve que ça pourrait faire beau dans ma future nouvelle chambre.

19h15

Alors qu'on se dirigeait vers la sortie, en passant par la rangée des meubles de jardin, j'ai commencé à sentir une super bonne odeur.

Moi : Maman, ils vendent de l'assouplissant ici ?

Ma mère : Je ne sais pas… Mais ça ne me surprendrait pas. Il y a de tout !

Ça sent le même assouplissant que celui de Nicolas. Si je trouve d'où vient l'odeur, je pourrais en acheter. (Pas parce que je veux sentir comme lui, mais parce que ça me semble une marque de qualité.) Je commence à avancer mon nez et à renifler pour trouver quelle est la marque de son assouplissant et je tombe… directement sur lui ! Je fais alors un gros sursaut et je crie : « AAAAAH ! » Zéro subtile.

Ma mère dit :

– C'est lui, Aurélie ! C'est lui qui m'a donné Sybil !

La subtilité n'est pas une qualité qui semble très populaire dans ma famille. Je reste figée. Nicolas est avec son père. De peur qu'il m'embrasse devant nos parents, je feins de m'intéresser à une chaise pliante.

Moi : Regarde, France, la belle chaise pliante. C'est ce qu'on cherchait !

Je ne sais pas pourquoi j'ai appelé ma mère par son prénom. C'est sorti tout seul. Mais ma mère a regardé Nicolas, puis m'a regardée, et j'ai eu l'impression qu'elle savait tout.

Ma mère : Merci pour la petite chatte. On l'adore.

Nicolas : De rien. Ça va, Aurélie ?

Moi : Oui, toi ?

Ma mère (tendant la main à son père) : Bonjour, France Charbonneau.

Père de Nicolas (serrant la main de ma mère en souriant) : Yves Dubuc.

Ma mère : Yves, j'aurais besoin de conseils pour mon barbecue. Le mien est pareil que celui-là, là-bas.

Ma mère est partie avec le père de Nicolas un peu plus loin devant un barbecue. ON N'A MÊME PAS DE BARBECUE ! ET ON EST EN PLEIN HIVER !!! Ma mère est une traîtresse.

19 h 22

Nicolas (regardant nos parents) : Elle est cool, ta mère.

Moi : Ton père n'est pas célibataire, hein ? Je ne voudrais pas que ce soit ce genre d'histoire très inconfortable où ma mère kiffe le père d'un garçon qui…

Nicolas : … qui quoi ?

Moi : Qui… euh… Que je connais.

Nicolas : Non, non ! Il a une copine depuis longtemps ! Ha ! ha ! ha !

Moi : Ah. Tant mieux. En passant, euh… merci pour… Sybil. Ma mère m'a raconté que tu l'avais gardée pour moi.

Nicolas : J'ai vu que vous aviez une connexion. Ça aurait été dommage de… laisser passer ça.

J'ai soudainement senti mes jambes trembler et j'étais

un peu déconcentrée par son odeur de bon assouplissant.

Moi : Ça fait longtemps que je veux te demander... euh... Qu'est-ce que ta mère ou la copine de ton père... ou ton père ou en tout cas la personne qui s'occupe du linge chez vous utilise comme assouplissant ?

Nicolas : HA ! HA ! HA ! J'sais pas !

Moi : Ah.

Nicolas : As-tu passé de bonnes fêtes ?

Moi : Oui.

Nicolas : Bonne année, en passant.

Moi : Bonne année.

Nicolas : Je voulais t'appeler, mais... on a oublié de s'échanger nos numéros.

Moi : Ouais.

Un vendeur passe et Nicolas lui demande s'il peut lui emprunter un crayon. Il prend ma main et écrit un numéro de téléphone (le sien, j'imagine, sûrement pas un numéro de téléphone au hasard, je ne sais pas trop à quoi ça servirait), puis il dessine un smiley à côté. Et il me dit :

– Appelle-moi !

19 h 56

Dans la voiture, ma mère avait un petit sourire en coin, mais elle ne m'a pas posé de questions. Ouf ! Je ne

27

suis pas encore prête à tout lui raconter. Je lui ai seulement dit :

— Est-ce que tu sais comment fonctionne le barbecue maintenant ?

Et on a éclaté de rire.

20 heures

J'allais me laver les mains quand j'ai réalisé que j'avais encore le numéro de téléphone de Nicolas (oui, oui, je l'avais bel et bien oublié), alors (non pas que j'y tienne absolument) je l'ai noté dans mon carnet d'adresses, au cas où un jour ça me serait utile.

Cas où ça pourrait vraiment m'être utile :

• Je perds Sybil. (Il sait à quoi elle ressemble et il y est attaché puisqu'il l'a connue tout bébé à l'animalerie, il serait la personne toute désignée pour m'aider.) **P-S** : Je souhaite que ça n'arrive jamais (pas que Nicolas m'aide, mais de perdre Sybil).

• J'oublie ma clé, je suis coincée dehors et personne n'est disponible. Il faudrait bien que je joigne quelqu'un. (Pour ce cas précis, il faudrait que j'apprenne son numéro par cœur, car comme je n'aurais pas mes clés, je ne pourrais pas regarder dans mon carnet d'adresses.)

• Je fais déborder l'eau du bain et la maison est inondée. (Il connaît peut-être un plombier ?)

• En fouillant dans les vêtements de ma mère, je fais tomber la tringle à cintres dans sa garde-robe et je suis incapable de la remettre en place. (Ce n'est pas Kat qui pourrait m'aider à la replacer avant l'arrivée de ma mère et je me ferais engueuler solide !)

• Je suis seule à la maison, je me fais des toasts et je sors le pot de, disons, confiture de framboises, et je suis incapable d'ouvrir le couvercle. Après avoir appelé tout le monde que je connais pour m'aider, si je n'arrive à joindre personne, je serais bien obligée de l'appeler, car il faudrait absolument que je réussisse à ouvrir le pot pour ne pas gaspiller mes toasts. (Je sais très bien que quelque chose cloche dans ce plan, genre que je pourrais prendre du beurre de cacahuètes si je ne veux vraiment pas gaspiller mes toasts. Mais admettons que ma mère n'ait pas fait les courses et qu'il ne reste que *ce* pot de confiture…)

Kat est de retour ! Enfiiiiiiiiiiiiiiiin !!! Elle m'a appelée alors que j'étais plongée dans un film (qu'est-ce qu'ils passent des bons films pendant les vacances !), mais ça ne m'a pas dérangée d'arrêter de regarder le film parce que 1) ça fait une éternité que je n'ai pas parlé à Kat, et 2) j'étais ironique quand je disais que c'était un bon film.

14 h 56

Ça fait une heure que je parle au téléphone avec Kat. Elle a eu plein de cadeaux, dont la nouvelle version de *Dance Dance Revolution* pour sa Playstation, ce qui lui a fait énormément plaisir, car elle n'avait chez elle que le *Britney Spears Dance Beat*, et, comme elle ne veut en aucun cas avoir l'air d'avoir un jour kiffé Britney Spears, elle ne s'en sert plus et l'avait caché. Elle allait toujours danser sur le *Dance Dance* à la salle de jeux vidéo, mais ça commençait à lui coûter cher. Comme je

ne suis pas bonne à ce jeu (« nulle » serait plus appro-
prié), elle m'a dit que je pourrais m'y exercer chez elle.

14 h 59

Avant de raccrocher, Kat m'a dit à quel point je lui
avais manqué ! J'ai dit : « Moi aussiiiiiiiiiiii », et là, elle
a dit :
— Excuse de ne pas t'avoir appelée. Je n'avais droit qu'à
un appel de cinq minutes par jour et j'ai appelé Truch.
Moi : Tous les jours ?
Kat : Oui, mais c'est mon petit copain ! D'ailleurs, je
le vois tout à l'heure… et demain… et dimanche aussi.
Moi : Et moi ?
Kat : On va se voir à l'école lundi, mardi, mercredi,
jeudi et vendredi ! Truch ne va pas à notre école et…
Moi : C'est sûr ! C'est une école de f-i-l-l-e-s !
Kat : Tu comprends ? Je ne l'ai pas vu depuis long-
temps et je ne pourrai pas le voir de toute la semaine
prochaine.
J'entends Julyanne, la sœur de Kat, crier : « Lèche-
bottes ! »
Kat (à sa sœur, sûrement pas à moi) : Arrrgh ! Chut !
Je suis au téléphone !
Moi : Ouais… Je comprends. Mais j'ai hâte de te voir
quand même !
Kat : Moi aussi !

À proscrire de ma vie : l'amour. BEURK !

P-S : J'avais prévu de lui raconter en personne mon *baiser* avec Nicolas, mais comme elle préfère voir Truch, je ne lui ferai pas l'honneur de lui révéler mon super gros potin ! Petite vengeance personnelle.

Samedi 7 janvier

Ma mère chatte encore. Overdose d'écran cathodique, mon œil ! J'hésite entre être contente pour elle, car ça fait du bien à son ego, ou inquiète, car on ne sait pas sur qui elle peut tomber. Elle pourrait se faire enlever pour la traite des Blanches ou quelque chose comme ça. Ma mère est super belle et elle serait très facile à vendre. Internet est une méthode de rencontre très dangereuse. Bon, calmons-nous, pour l'instant, elle ne fait que chatter.

Midi

Je mange un sandwich à la dinde en regardant Musique-Plus. Je suis fascinée par un clip où on voit une chanteuse qui porte un string par-dessus son jean. Je trouve ça très peu hygiénique. Je croyais que les dessous servaient à protéger, en quelque sorte, les vêtements. À quoi sert son string si elle le met par-dessus son jean ? À moins que son jean soit comme ses sous-vêtements et qu'elle le lave tous les jours, et que ses sous-vêtements soient comme ses vêtements ? Ou à moins qu'elle ait quand même des sous-vêtements sous son jean, en plus d'en avoir par-dessus. Elle tripe string solide, cette fille-là ! Ou elle est carrément riche pour avoir un jean-string ! Je trouve ça très laid, un string par-dessus un jean. Aussi laid que si quelqu'un décidait de mettre ses chaussettes par-dessus ses chaussures. Pas de rapport. J'espère que ma mère ne fera jamais ça avec ses propres strings.

12 h 10
Je m'emmerde.

12 h 15
Solide !

12 h 20
Je m'emmeeeeeeeeeeerde graaaaaaaaaaaaaavvve !

33

12 h 25

Je croyais que j'allais passer la fin de mes vacances avec Kat. Mais elle passe la fin de ses vacances avec Truch. Et je n'ai pas vraiment d'autre vraie amie que je pourrais appeler pour faire des activités sans que j'aie l'air de les prendre pour des bouche-trous.

Est-ce que, pour ne pas gâcher la fin de mes vacances, je devrais appeler Nicolas ?

Ce serait vraiment pour ne pas gâcher la fin de mes vacances. Ça pourrait même être considéré comme une situation d'urgence. Genre, urgence sociale.

14 h 12

J'ai attendu de connaître le numéro de téléphone de Nicolas par cœur avant de me sentir prête à l'appeler et il se trouve que son numéro est *très* long à mémoriser. Je me demande ce que je pourrais lui dire... Mais il m'a dit de l'appeler, alors peut-être que *lui* a des choses à me dire et que je n'ai pas *besoin* de trouver les sujets de conversation. Je pourrais peut-être lui dire que ça ne se fait pas de se salir la main avec un stylo. Non, c'est un peu agressif. Peut-être : « Es-tu doué pour ouvrir les pots de confiture ? » Ha ! ha ! ha ! Non, c'est con.

14 h 15

OK, je suis prête. Je l'appelle.

14 h 15 (et 30 secondes)

Ouh, non ! Pas capable ! Hi ! hi ! hi ! hi ! hi ! hi !

14 h 16

Bon, j'y vais.

14 h 16 (et 30 secondes)

Hi ! hi ! hi ! hi ! hi ! hi ! hi ! hi ! hi ! hi !
Noooooooooooooon !

14 h 17

Si jamais je réussis à l'appeler, il ne faut pas que je lui
parle du 23 décembre, jour où on s'est embrassés.

14 h 17 (et 30 secondes)

OK. Je compose son numéro. Wouaaaaaah ! Je rougis. Ça sonne. Au secouuuuuuuuuuuuurs ! Quelqu'un
répond. Aaaaaaaaaaaaaaaaaaaah ! C'est une dame.
Moi : Euh… oui, allô. Euh… est-ce que je pourrais
parler à Nicolas, s'il vous plaît ?
Madame (sûrement la copine du père de Nicolas) : Il
n'est pas là, est-ce que je peux prendre un message ?
Moi : Euh… non merci, je vais rappeler.

Ah merde ! J'étais prête !

15 h 10

Je me demande dans combien de temps je peux le rappeler. Dans une heure ? Ou demain ? Le truc, c'est que ça m'a pris du temps pour me motiver, et là, j'étais prête, alors c'est comme du gaspillage de préparation mentale. Non, je vais avoir l'air tache si je le rappelle.

15 h 14

À moins que je change ma voix. La dame ne pourra pas dire qu'il y a une fille qui a appelé deux fois, parce que je vais avoir changé ma voix et, donc, je serai méconnaissable !

15 h 16

OK, je me lance ! Ça sonne. C'est un monsieur qui répond. Comme je suis surprise et que je m'attendais à faire une nouvelle voix, je me suis dit, pendant que je demandais à parler à Nicolas, que c'était inutile que je change ma voix puisque cette nouvelle personne n'avait jamais entendu ma première voix (à moins qu'ils utilisent le mains libres). Alors, ça a donné quelque chose comme ça :

Moi (nouvelle voix plus grave) : Est-ce que je...

Moi (voix de transition) : pourrais…

Moi (vraie voix avec débit plus rapide) : parler à Nicolas, s'il vous plaît ?

Monsieur (sûrement père de Nicolas) : Il n'est pas là en ce moment, est-ce que je peux lui laisser un message ?

Moi : Euh, non, merci. Je vais rappeler (JAMAIS).

Monsieur (sûrement père de Nicolas) : Est-ce que c'est toi, Aurélie ?

Moi : Euh… Non, vous vous trompez de numéro. (Mais qu'est-ce que je dis là, moi ? C'est moi qui ai appelé !) Bye.

Ah, merde ! J'aurais dû attendre ce soir avant de le rappeler.

16 h 34

Le téléphone sonne. Yes ! Une activité ! C'est sûrement ma grand-mère Charbonneau qui veut savoir si ma mère se sert de son ordinateur. Je vais pouvoir lui dire qu'elle est comme mariée avec !

Moi : Oui, allô ?

Voix de garçon : Allô, Aurélie, c'est Nicolas.

Moi : Allô…

Nicolas : Ça va ?

Moi : Oui, toi ?

Nicolas : Oui. Tu m'as appelé ?

Moi : Non.

Nicolas : Ah… Qu'est-ce que tu fais ?

Moi : Rien, toi ?

Nicolas : Pas grand-chose.

Moi : Ah.

Nicolas : Hum, est-ce que ça te tenterait qu'on fasse quelque chose ensemble demain ?

Moi : Comme quoi ? (Je ne vais quand même pas chambouler tout mon programme pour lui… À moins qu'il me propose quelque chose de cool qui en vaut vraiment la peine.)

Nicolas : On pourrait jouer à *Mario Kart*.

Moi : OK. (Oui, ça, c'est cool, *Mario Kart*, ça vaut la peine de chambouler mon programme de végétage.) Chez toi ?

Nicolas : Mes parents s'en vont dans l'après-midi.

Moi : Ah. OK.

Après qu'il m'a donné son adresse et l'heure de notre rendez-vous (ouuuuuh), j'ai été soudainement intriguée par quelque chose.

Moi : Hé, euh, comment t'as eu mon numéro ?

Nicolas : J'avais le nom de ta mère deux fois sur mon téléphone.

Aaaargh ! Je suis vraiment nulle !

Est-ce qu'il y a une loi contre les parents qui chattent tous les jours sur le Net à la recherche de l'homme de leur vie ? Eh bien, non ! J'ai cherché « Loi contre les parents qui chattent tous les jours sur le Net à la recherche de l'homme de leur vie » sur Google (le peu de temps que j'ai pu utiliser l'ordi de ma mère, c'est-à-dire pendant qu'elle était aux toilettes) et ça m'a répondu : « Loi contre les parents qui chattent tous les jours sur le Net à la recherche de l'homme de leur vie – aucun document ne correspond aux termes de recherche spécifiés ». Là, ma mère est revenue de la salle de bains super frustrée, croyant que j'avais perdu la page sur laquelle elle « bavardait » (c'est elle qui a utilisé ce mot. Tellement typique ! Il n'y a que les parents qui utilisent ce mot !). Bref, je lui ai expliqué qu'on pouvait aller dans « fichier » et « nouvelle fenêtre ». Elle m'a répondu, et je cite : « Super ! Je vais pouvoir "bavarder" avec plusieurs mecs en même temps. » (Elle n'a pas dit

« homme », comme moi j'aurais décrit les mecs avec qui elle peut sortir ; elle a dit : « mecs ». Mais enfin, il a quel âge, son futur petit ami ?)

Tout ça m'a changé les idées puisque depuis que je suis levée, je suis assez stressée parce que je vais chez Nicolas.

14 h 31

Heure de mon arrivée chez Nicolas. Il m'avait dit 14 h 30. Mais je sais que Kat m'aurait suggéré d'arriver un peu en retard, et comme 14 h 31, c'est trop près de 14 h 30, je me suis cachée entre les branches d'un sapin, tout près de son entrée. Je vais attendre jusqu'à 14 h 36.

14 h 33

Je vois le visage de Nicolas apparaître entre les branches du sapin, ce qui me fait sursauter.
Nicolas : Aurélie ? Qu'est-ce que tu fais là ?
Moi : Euh… euh… J'avais cru voir… un oiseau… rare. Un oiseau rare.
Nicolas : Cool ! Où ça ?
Moi (en pointant une branche) : Ici. Mais, finalement, je m'étais trompée, et mon manteau est resté coincé… Ah, mais c'est bon maintenant.
Nicolas : Viens, entre ! On gèle.

Pendant qu'on se dirigeait vers la porte d'entrée, Nicolas a balayé les épines de sapin sur mon manteau.

Note à moi-même : ne plus jamais faire de plan avec Nicolas. ILS NE FONCTIONNENT JAMAIS. Et j'ai juste l'air TOP NOUILLE !!!

15 heures

Quand Nicolas m'a proposé de venir chez lui pour jouer à *Mario Kart*, je croyais que c'était une façon détournée de me dire qu'on s'embrasserait encore sans me le dire parce que ce serait trop direct. Je ne croyais pas qu'on jouerait *vraiment* à *Mario Kart*.

15 h 10

J'ai pris les deux princesses, Peach et Daisy, pour faire plus féminine, même si habituellement je préfère jouer avec les deux tortues. Mais je ne peux pas prendre les tortues devant Nicolas. Un plan à ce qu'il trouve que j'ai une tête de tortue ou quelque chose du genre. Et, comme choix féminins, il n'y a que les deux princesses mais, je dois l'avouer, elles vont assez lentement et elles sont un peu tartes. Elles font des courses de Go-Kart en robe (je crois que leur crinoline claque dans le vent), et l'une des deux, je ne sais pas laquelle, n'arrête pas de crier « ha ! haaaa ! » chaque fois qu'elle dépasse quelqu'un. REGARDE LA ROUTE, ESPÈCE DE TARTE !!! Nicolas, lui, a pris Mario et une de mes tortues, Koopa (grrr).

15 h 30

Nicolas a gagné. C'est évident ! Il avait des meilleurs bonshommes ! Je déteste perdre. Habituellement, je suis super bonne à *Mario Kart*. Une des meilleures ! Ça faisait un bout de temps que je n'avais pas joué. Je crois que je vais m'exercer en cachette chez moi et, la prochaine fois, je ne prendrai pas les princesses ! Ben… peut-être seulement une des deux princesses, juste histoire de ne pas avoir l'air trop garçon manqué avec Koopa.

15 h 35

Nicolas m'a offert du jus. Pendant qu'il est parti en chercher, j'ai décidé de faire une course toute seule, avec mes tortues. Je suis contente de voir que je n'ai pas perdu la main et que je devais seulement être déconcentrée.

15 h 40

Nicolas arrive avec les jus. Merde ! Il ne m'a pas dit que c'était du raisin. Je n'aime pas le jus de raisin.
Moi : Euh, je n'aime pas le jus de raisin.

Nicolas : Ah, pas grave, je vais le donner à mon frère. Maxime ?

Un garçon un peu plus vieux que Nicolas sort d'une pièce tout près du salon.

Maxime : Qu'est-ce qu'il y a ?

Nicolas : Tu veux du jus de raisin ? Aurélie n'en veut pas.

Maxime : Oh, c'est toi Aurélie ! Salut, « ça farte » ?

Moi : Euh…

Maxime : Tu n'aimes pas le jus de raisin ?

Moi : Non.

Maxime : C'est raisin. J't'ai cassée !

Nicolas : Euh… Maxime ?

Maxime : Quoi ?

Nicolas : C'est qui le plus vieux entre nous deux ?

Maxime : Moi.

Nicolas : Ça paraît pas. J't'ai cassé !

Maxime : Ha ! ha ! ha ! ha ! OK, je vous laisse.

Maxime entre dans sa chambre et je regarde Nicolas.

Moi : Ton frère… parle en…

Nicolas : Brice de Nice. C'est son idole. Je crois qu'il a viré fou quand il a vu le film. Et depuis que le DVD est sorti, il le regarde tous les jours. Le pire, c'est que mon meilleur ami, Raphaël, kiffe autant le film que mon frère. Je ne suis pas autant fan qu'eux, mais moi aussi c'est un de mes films préférés. C'est trop drôle ! Toi ?

Moi : J'ai aimé. Mais… c'est un peu daté, non ?
Nicolas : Oui mais ça reste super drôle !

(une édition vieille de cent mille ans)

CRITIQUE DE FILM

BRICE DE NICE
UN FILM DE : James Huth
METTANT EN VEDETTE : Jean Dujardin, Clovis Cornillac, Élodie Bouchez et Bruno Salomone
RÉSUMÉ : Éternel ado vivant aux crochets de son père, un richissime homme d'affaires, Brice se considère comme un pro du surf et attend sa vague… à Nice, où l'eau est d'un calme plat. Mais personne n'oserait se moquer de lui. Brice a la réputation de « casser » les gens grâce à ses reparties assassines. Un jour, le père de Brice perd tout son argent. Pour gagner sa vie, notre « surfeur winner » participera à un concours de surf. Réussira-t-il à prouver qu'il est le roi de la glisse ? Le film, inspiré de vidéos postées sur Internet, est très drôle malgré un scénario un peu boiteux.
SITE WEB OFFICIEL : *www.bricedenice.com*

16 heures

Je ne sais pas trop comment c'est arrivé, mais Nicolas et moi avons commencé à nous embrasser, disons, passionnément. Je crois que j'ai dit : « On fait une autre

44

partie ? » et Nicolas a dit : « OK. » Et à la place de jouer, on s'est embrassés.

16 h 10

Maxime est sorti de sa chambre et il a dit :
– Oh ! Scusez-moi pas, je voulais vous déranger. KC !
Moi : Euh… Je pense que je vais vous laisser.
Nicolas : Non, laisse-le, il est con.
Maxime : C'est celui qui le dit qui l'est. Cassé !

16 h 15

Le problème, l'hiver, c'est qu'on ne peut pas sortir en trombe de façon spectaculaire. Il faut mettre nos bottes, notre manteau, notre écharpe, nos gants et notre bonnet. Pendant que je m'habillais, Nicolas se confondait en excuses pour l'attitude de son frère et j'ai tenté de lui expliquer que ce n'était pas grave, que j'étais seulement en retard pour un rendez-vous chez mon dentiste. Je suis sortie (enfin) et Nicolas m'a suivie (sans manteau) et je lui ai dit :
– J'ai vraiment passé un bon après-midi. Merci.
Nicolas : Reste encore. Je sais que mon frère est con, laisse-le.
Moi : Ce n'est pas ça. Écoute… mes dents…
J'ai touché ma dent avec mon gant et j'ai fait semblant de me tordre de douleur.

Nicolas : Tu n'as pas rendez-vous avec ton dentiste un dimanche après-midi !

Moi : J'ai mal à ma dent... (Je la pointe encore.) Chelle-là. Ch'est un rendjez-vous d'urchgence.

Nicolas me regarde, les bras croisés, incrédule. Vu que je trouve qu'il doit avoir froid sans son manteau, j'abdique.

Moi : OK, OK, la vérité, c'est que je me sens mal avec tout ça. Je ne sais pas comment agir avec toi. Je n'ai pas d'expérience là-dedans. Est-ce qu'on s'embrasse chaque fois qu'on se voit ? Est-ce qu'on sort ensemble ? Je ne sais même pas si j'ai envie d'avoir un petit copain ! C'est trop de questions pour moi. Alors, je voudrais juste qu'on soit amis, c'est moins compliqué.

Nicolas : Comme tu veux.

20 heures

Tandis que ma mère continue à « bavarder », comme elle dit, je caresse Sybil qui joue avec un bonbon qu'elle a trouvé je ne sais pas où. Puis elle me regarde et dit : « Miaouuuu. » Je ne sais pas ce que ça veut dire, car je ne parle pas encore chat, mais je suis certaine qu'elle m'a lancé une réplique assassine, suivie de « j't'ai cassée », parce qu'elle trouvait que je le méritais vraiment.

Retour à l'école.

Je ne me souvenais pas que la jupe de mon uniforme scolaire me piquait autant. Mais pas question que je signe la pétition anti-uniforme qui circule depuis le premier trimestre. J'adooooore mon uniforme ! Ça me permet de ne pas me casser la tête quand je me lève le matin. Et les filles qui disent qu'elles ne peuvent exprimer leur personnalité à travers un uniforme manquent totalement d'imagination ! (Ou carrément de personnalité…) Mais je ne peux dire ça ouvertement, car Kat a signé et elle ne manque ni d'imagination ni de personnalité. Elle ne veut juste pas être toujours habillée pareil. (La vérité, c'est qu'elle n'a pas le courage d'apporter ses vêtements dans son sac d'école déjà trop lourd pour pouvoir se changer après les cours sans retourner chez elle avant d'aller voir Truch.) Quand j'ai revu Kat après un million d'années (deux semaines, pour être plus précise), elle ne parlait que de son petit copain. J'aimerais dire que mon amie m'a manqué, mais ce serait faux. Mon amie me *manque*, point. Elle n'est plus elle-même et c'est dommage car, malgré son uniforme scolaire supposé aspirateur d'âme, elle avait vraiment une personnalité que j'adorais avant qu'elle ait un copain.

21 heures

J'ai cherché : « Loi contre les filles qui s'intéressent seulement à leur petit copain en dépit de leur meilleure amie » sur Google et ça m'a répondu : « Loi contre les filles qui s'intéressent seulement à leur petit copain en dépit de leur meilleure amie – aucun document ne correspond aux termes de recherche spécifiés. »

À faire (important) : écrire à Google pour leur dire que leur moteur de recherche n'est pas complet, contrairement à ce que tout le monde prétend.

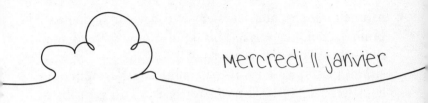
J'ai reçu mon bulletin. Je passe dans toutes les matières :
• Anglais : 6/10. (Je suis nulle, d'où mes résolutions.)
• Français : 7/10. (Je suis la plus nulle du meilleur groupe, mais heureusement j'ai pu augmenter ma moyenne grâce à mon poème.)
• Maths : 7/10. (Je pense que j'aurais vraiment dû ne pas trop écrire de lettres à Kat pendant le cours, comme me l'ont suggéré Jocelyne, la prof, et Denis Beaulieu, le directeur.)
• Géo : 7/10. (J'aurais eu une meilleure note si les questions concernaient le lieu où habite Daniel Radcliffe : Fulham, Londres, Angleterre, Grande-Bretagne.)
• Bio : 8/10. (C'est ma matière préférée. Surtout parce que j'adore sœur Rose, la prof. Je ne comprends pas pourquoi je suis incapable de franchir la barre des 8/10, et ce, même s'il est impossible de manquer une information vu que sœur Rose répète tout dix fois. Si je

m'améliorais, je pourrais peut-être devenir biologiste !
Hum… Bof, on verra. Sans sœur Rose, ça perd tout
son sens. Elle est trop tordante !)

• Arts plastiques : 10/10. (Comme tout le monde de
la classe, car Louis, le prof, trouve que l'art est subjec-
tif et, du moment qu'on fait un effort, on a une bonne
note. Moi, je n'ai pas de talent dans cette matière, donc
je fais des efforts par dépit.)

• Sport : 5/10. (Je ne sais pas vraiment sur quoi Manon,
la prof, se base pour ses notes, surtout qu'elle dit que
c'est participer qui compte, alors j'ai essayé d'améliorer
mon enthousiasme plutôt que ma performance, mais ça
ne semble pas avoir porté ses fruits. D'ailleurs, si j'avais
une critique « uniforme » à faire, ce serait sur celui de
sport. Les shorts sont trop courts et ça me gêne, donc
ça me rend moins efficace côté mouvements.)

Kat est stressée parce que c'est vendredi 13 et que Truch fait une sortie sans elle, avec ses amis. Je lui ai dit : « Peut-être que c'est le bon moment pour toi de faire quelque chose avec *tes* amis. » (J'ai bien appuyé sur le *tes,* mais ce que je voulais vraiment dire c'est *ton,* c'est-à-dire *moi.*) Ce qui est donc une journée malchanceuse pour elle devient ma journée chanceuse, parce que ça fait une éternité que Kat et moi n'avons pas passé une soirée ensemble. J'ai convaincu ma mère d'accepter que Kat vienne dormir à la maison. On a installé un matelas gonflable dans ma chambre et on fait une (yahouuuuuu !) soirée pyjama !!!

20 heures

Je vais faire une indigestion de bonbons ! J'ai tellement mangé de sucre que je me sens surexcitée. Mais Kat semble avoir le bonbon triste, parce qu'elle est au bord des larmes. Elle a pris Sybil dans ses bras et, alors que ma chatte se débat sans relâche pour se sauver, je lui demande :

– Qu'est-ce qu'il y a ?

Kat : Je m'ennuie de Truch. Ça fait une semaine que je ne l'ai pas vu.

Moi : Ça fait une éternité qu'on ne s'est pas vues, nous !

Kat : Oui, mais toi, tu vas rester mon amie pour la vie. Avec un petit copain, c'est différent. Il peut rencontrer une autre fille plus belle que moi et bang, tout sera fini !

Moi : T'es bien inquiète ! Et, en passant, si tu ne t'occupes pas de moi, je peux rencontrer une autre amie tripante, moi aussi.

Kat : Tu ne ferais jamais ça, Au' ! Hein ?

Moi : Ouais, c'est vrai. Je connais toutes les filles de l'école, et je ne m'entendrais pas avec une autre que toi.

Kat : Penses-tu que Truch a rencontré une autre fille ?

Moi : Mais non ! Tu veux que je te change les idées ? Parce que j'ai un super gros potin que je ne voulais pas te dire parce que tu ne le méritais pas, mais vu que t'es déprimée, je peux te le dire.

20 h 30

J'ai tout raconté à Kat : le baiser, l'après-midi chez Nicolas, son frère qui tripe sur Brice de Nice et ma

52

volonté de n'être finalement qu'amie avec lui (pas Brice de Nice, Nicolas).

21 heures

Kat se répète depuis une demi-heure. En gros, elle dit que je ne devrais pas avoir peur de l'amour, bla-bla-bla, que je devrais me laisser aller, bla-bla-bla, que l'amour vaut la peine d'être vécu, bla-bla-bla, que je m'empêche de vivre des émotions, bla-bla-bla. Je lui ai fait remarquer :
– Les mecs, c'est des abrutis. La preuve, le frère de Nicolas. Il regarde le même film tous les jours et parle en Brice de Nice. Nicolas est de la même famille, il partage le même sang. LE MÊME SANG !
Kat : T'as bien vu *La Petite Sirène* deux cent cinquante fois, toi ! Ha ! ha ! ha ! J't'ai cassée !
Moi : Ah, non ! Commence pas, hein !

Samedi 14 janvier

K at est partie après le petit déjeuner. Ça ne me tentait pas trop de faire mes devoirs et, en feuilletant
Miss, j'ai trouvé ce test.

TEST : ES-TU LÉGUME ?

T'es-tu déjà demandé, si tu étais un légume, lequel tu serais ? Quoi ? Tu
trouves ça complètement cornichon ? Secoue-toi et fais le test !

1. DANS UNE SOIRÉE, TU VOIS SUR LA TABLE DU BUFFET UNE
   BOMBE DE CRÈME FOUETTÉE SANS SURVEILLANCE. QUE
   FAIS-TU ?
   a) *Je la mets illico dans mon sac. De toute façon, il est tard et personne*
   n'en mangeait, quel gaspillage !
   b) *Pourquoi ils ont mis ça dans le buffet ? Avec tout le sucre que ça*
   contient, c'est dangereux pour la santé de TOUT LE MONDE !
   c) *J'en mange à même la bombe pour noyer mon chagrin.*

2. TU VIS DANS UNE FERME ET, PAR UN BEAU MATIN, TU RÉALISES QU'ON T'A VOLÉ TES CAROTTES. COMMENT RÉAGIS-TU ?

a) J'en plante d'autres !

b) Des carottes ? Oh ! Pouah !

c) Oh ! Noooooon ! Ils n'ont tout de même pas volé Carrie ? Oh ! Carriiiiie !

3. TU SURPRENDS TON PETIT COPAIN EN TRAIN D'EMBRASSER LA PLUS BELLE FILLE DE L'ÉCOLE. QUE FAIS-TU ?

a) Je n'ai pas de petit copain !

b) Il ne ferait jamais ça ! Pfff !

c) Voilà à quoi servait la bombe de crème fouettée !

4. TU TROUVES UN BILLET DE 20 DOLLARS DANS LA RUE. QUE FAIS-TU ?

a) J'emmène ma meilleure amie voir un film.

b) Je le laisse là, il pourrait être porteur de bactéries.

c) Pouvez-vous répéter la question ? Je pensais à ma pauvre Carrie... Snif !

5. TA MEILLEURE AMIE S'ACHÈTE LE MÊME CHANDAIL QUE TOI. ÇA TE DÉRANGE ?

a) On est jumelles !

b) Je fais faire tous mes vêtements sur mesure.

c) Copieuse !

6. LA TÉLÉCOMMANDE EST LÀ-BAS, ALORS QUE TU ES BIEN CONFORTABLEMENT ASSISE SUR LE CANAPÉ. QUE FAIS-TU ?

a) Je vais chercher la télécommande !

b) Je crie : « Papaaaaaaaaaaa ! »

c) S'il faut vraiment que je change de chaîne, je vais essayer d'utiliser la Force et/ou toute autre forme de pouvoir paranormal.

7. TA MÈRE FAIT LE MÉNAGE DANS TA CHAMBRE PENDANT TON ABSENCE. COMMENT RÉAGIS-TU ?

a) Yes ! Pas de ménage à faire !

b) Où était notre femme de ménage ?

c) Je prie pour qu'elle n'ait pas trouvé mon journal !

8. DÉCRIS-TOI !

a) J'ai les cheveux couleur carotte.

b) Je suis une grande asperge.

c) La question m'a intimidée et je suis devenue rouge comme une tomate.

9. ET TON PETIT COPAIN ?

a) J'ai dit que je n'avais pas de petit copain ! Les garçons, quelle bande de piments !

b) Un navet ! Je casse !

c) Un vrai chou !

10. QUE DIRAIS-TU À UN AMI QUI TE CONFIE QU'IL A MOUILLÉ SON LIT JUSQU'À L'ÂGE DE QUINZE ANS ?

a) « Lâche pas la patate ! »

b) « HA ! HA ! HA ! HA ! HA ! HA ! HA ! »

c) « Ce ne sont pas mes oignons ! »

Résultats :

* UNE MAJORITÉ DE « A » :
LE BROCOLI FILLE DE PARTY !

Il n'y a pas à dire, tu as du caractère ! Tu es une fille d'action. Tu n'es pas une fille de première impression, mais une fois qu'on te donne ta chance, on t'adopte pour la vie. Non seulement on t'adore, mais on ne peut pas se passer de toi ! Attention cependant ! À trop frayer avec le gratin, tu risques de t'étourdir un peu trop et d'en oublier les choses importantes de la vie.

UNE MAJORITÉ DE « B » :
LA PATATE DOUCE LÉGÈREMENT PRINCESSE
Excusez-nous, pardon ! On ne savait pas qu'une princesse lisait notre magazine ! Tu es une personne très raffinée qui désire le meilleur en tout ! Impossible de te voir avec des gens que tu ne juges pas dignes de ta classe sociale. Tu es sélective, et cette façon que tu as de choisir tes amis et tes activités te permet d'être toujours satisfaite. Mais attention ! À devenir trop snobinette, les autres pourraient finir par te bouder et tu ne serais plus dans ton assiette ! Après tout, n'oublie jamais que tu n'es qu'une simple patate...

✻ UNE MAJORITÉ DE « C » :
L'OIGNON GRANDE ÉMOTIVE
Que d'émotions ! Même si tu arrives à camoufler ce que tu ressens sous une carapace, il est impossible de ne pas réaliser à quel point tu es une personne sensible. Un vrai cœur d'artichaut ! Essaie de vivre un peu plus tes émotions, sinon tu deviendras amère et il faudra constamment te prendre avec des pincettes ! Ouvre ton cœur et accepte d'être traitée aux petits oignons. Tu seras beaucoup mieux dans ta peau !

✻ ÉGALITÉ ENTRE DEUX :
LA CITROUILLE TOUTE MÉLANGÉE !
Les gens qui te connaissent mal pourraient penser que tu es un peu

maladroite, mystérieuse et indécise (la preuve, tu n'es même pas capable de trancher parmi les réponses d'un test !). Tu es une incomprise ! Quand on apprend à te connaître, on sait à quel point tu peux être attachante et rigolote ! Essaie de prendre les choses davantage avec un grain de sel et n'aie pas peur de faire un faux pas. Dans la vie de tous les jours, personne ne se transforme en citrouille !

Conclusion : je suis un brocoli, un oignon *et* une citrouille.

Conclusion n° 2 (plus précise) : je ne suis pas un légume en particulier, je suis légume tout court.

mercredi 18 janvier

L e problème, avec Kat, c'est qu'elle ne semble pas du tout se rendre compte de l'étrangeté de Truch. Ni de sa snobinardise ! J'irais même jusqu'à dire qu'elle aussi est en train de devenir snob. Aujourd'hui, avant le cours de maths, elle m'a lancé que Simple Plan n'était qu'un ersatz de Green Day. Je sais que ça ne vient pas d'elle parce que 1) c'est la fan n° 1 de Simple Plan (j'en ai pour preuve de nombreuses photos d'un concert auquel nous avons assisté ensemble, sur lesquelles elle a le mot « Simple » écrit sur son front et « Plan » écrit sur son menton EN ROUGE VIF !), et 2) je suis certaine qu'elle ne sait pas ce que veut dire le mot « ersatz ». J'en suis convaincue parce que je suis censée être meilleure qu'elle en français et que je ne savais même pas ce que ça voulait dire avant de le trouver dans le dictionnaire (recherche difficile qui a requis plusieurs essais : herzats, erzats, hairstaz, etc.).

Pour paraphraser Simple Plan dans la chanson *Perfect World*, dans un monde parfait, ce genre de chose n'arriverait jamais !

16 h 31

Qui, je le demande, qui ?????? Qui voudrait s'amouracher d'un garçon – ayant un frère qui parle en Brice de Nice ou autres – si cela vous oblige à renier la personne que vous êtes réellement, soit une fan de Simple Plan ? Pas moi, en tout cas. (Pas dans le sens où je ne suis pas une fan de Simple Plan, mais dans le sens où je ne suis pas quelqu'un qui voudrait d'une relation qui m'obligerait à renier que je le suis. En tout cas, je me comprends.)

vendredi 20 janvier

Ce soir, ma mère a un rendez-vous. (Inquiète.)
Kat sort avec Truch. (Rejet.)
Il n'y a pas que les gens qui sont en couple qui peuvent s'éclater le vendredi soir. La preuve, c'est que j'ai une multitude de choses à faire ! J'avais comme résolution d'avoir de meilleures notes et ce n'est pas en faisant la fête qu'on y arrive. C'est par un travail a-ssi-du. C'est pourquoi ce soir, je plonge tête la première dans mes cours (et ça ne veut pas dire que je vais me cogner en m'endormant sur un de mes livres). Je vais tellement apprendre de notions importantes que je pourrais devenir une scientifique mondialement reconnue, du genre qui fait de grandes découvertes et qui gagne des prix.

20h14

Je sais maintenant comment diviser un polynôme par un monôme. (Facile.)

20h25

Eh bien ! Le système urinaire participe à l'homéostasie… (La bio, c'est fascinant.)

20h26

Je m'en fous, de l'homéostasie ! Non, mais c'est vendredi soir, quand même ! Je ne veux pas gagner de prix ! Je veux faire quelque chose d'intéressant !

20h31

J'ai dit à Nicolas que je voulais qu'on soit amis. Des amis, ça s'appelle. Normalement, en tout cas. Et vu que c'est moi qui semble avoir établi les règles de notre relation, ça devrait être moi qui l'appelle. Mais il est peut-être trop tard pour l'appeler, j'aurais l'air de le prendre comme bouche-trou. Non ? Si. Totalement. Mais je n'ai pas dit quelle catégorie d'amis je voulais qu'on soit, et il a dit « comme tu veux », alors il ne sait pas, lui, ce que je veux vraiment et il a accepté sans poser de questions, donc ça veut dire qu'il se fout de la catégorie d'amis dans laquelle je veux le placer.

20 h 35

Je me demande pourquoi je suis si nulle en maths. Je me fais moi-même mal à la tête avec des problèmes très compliqués à résoudre.

21 heures

Quand on s'est embrassés pour la première fois, Nicolas m'a dit que j'étais « spéciale » pour lui, et ce, malgré tous les trucs nuls que je peux faire en sa présence. Alors, ce n'est pas parce que c'est un garçon, tout comme Truch, qu'il ne m'aimerait pas telle que je suis. Comme amie, je veux dire.

21 h 31

J'allais appeler Nicolas lorsque ma mère est rentrée. Je lui ai demandé comment s'était passée sa soirée, et elle m'a répondu : « Les hommes sont des abrutis ! »

Enfin quelqu'un qui fait preuve de jugement !

Liste des hommes qui ne sont pas des abrutis :
• Mon père.
• Louis, mon prof d'arts plastiques (il est quand même cool).
• Le père de Kat.
• Denis Beaulieu (mon directeur, surtout depuis que je sais que ma mère ne tripe pas sur lui…).
• Tous les membres de Simple Plan (quoique je ne les connaisse pas *personnellement*, seulement par leur œuvre, et ça donne beaucoup de points).
• Daniel Radcliffe (idem).

10 h 14

Sybil me lance un regard édifiant. J'ai l'impression qu'elle lit dans mes pensées et qu'elle m'envoie des messages télépathiques pour me dire que si Nicolas n'avait pas existé, nous ne serions pas ensemble elle et moi aujourd'hui. C'est vrai que Nicolas a toujours été gentil avec moi, je serais méchante de ne pas le mettre sur la liste. Mais, d'un autre côté, ça ne veut pas dire qu'il ne sera jamais abruti. Et si un jour il devient abruti, j'aurai de la peine. Il me semble qu'il est tout à fait logique d'éviter de se mettre dans des situations où on pourrait éventuellement ressentir de la tristesse. Ça me semble tout à fait normal.

Midi

En parlant de situations où on pourrait éventuellement ressentir de la tristesse... Ça fait six ans aujourd'hui que mon père est décédé. C'est la première fois que je remarque à quel point il est facile de contrôler les battements de son cœur. Quand j'ai pensé à mon père, j'ai senti mon cœur grossir dans ma poitrine ; alors, j'ai respiré très lentement et il est redevenu normal.

13 heures

Ma mère n'a pas ouvert son ordi de la journée. Elle fait peut-être relâche de « bavardage » en la mémoire de mon père. Habituellement, avec ma mère, on ne se parle pas beaucoup cette journée-là. Elle se réveille tristounette le matin et me dit : « C'est aujourd'hui... » Et moi, je réponds : « Je sais... » Et c'est tout. Mais cette fois-ci, c'est différent. Elle m'a proposé qu'on fasse un dîner spécial et qu'on se remémore tous nos bons souvenirs avec mon père. Cool (?).

18 h 10

J'en étais à mon douzième souvenir lorsque je me suis rappelé la fois où nous sommes allés à La Ronde et que mon père voulait gagner une peluche pour moi. Il a réussi du premier coup. Mais je ne voulais pas du petit serpent rouge et jaune fluo que la fille à casquette me tendait (je le trouvais affreux). Je voulais un Bugs Bunny. Mon père a recommencé à jouer jusqu'à ce qu'il gagne. Je me souviens avoir vu la détermination dans ses yeux. En me remémorant cet événement, mon cœur recommence à grossir. Une chance que je sache comment le contrôler maintenant.

19 heures

Je suis allée dans ma chambre rapidement après le dîner. Sybil m'a suivie. J'ai pris le Bugs Bunny dans mes bras. Un Bugs Bunny vraiment laid, de ceux dont on sent les petites boules en styromousse dedans. Ma mère est venue nous rejoindre.
Ma mère : Ça va, ma belle ?
Moi : Oui…
Ma mère a commencé à me caresser les cheveux et je me suis tassée.

Ma mère : C'est normal que tu aies de la peine.

Elle s'acharne à me caresser les cheveux, alors je la laisse faire.

Moi : Je n'ai pas de peine.

Ma mère : Avant, c'était toi qui me consolais. C'est à mon tour maintenant.

Moi : C'est sympa, m'man, mais je vais bien. Je pense que je suis juste fatiguée. À l'école, on a beaucoup de travail et…

Ma mère pointe le Bugs Bunny et me dit :

– Tu sais, tu étais sa princesse. Il voulait toujours te faire plaisir. Même que, je ne devrais pas te dire ça, mais… on se disputait parfois parce que je trouvais qu'il te gâtait trop.

Le cou de ma mère est devenu rouge, son œil gauche, humide et elle a pincé les lèvres.

Moi : Qui, ça ? Bugs Bunny ?

Elle a ri.

Ma mère : Oui, Bugs Bunny !

J'ai souri à mon tour.

Elle a ébouriffé le poil sur le dessus de la tête de Sybil et s'est dirigée vers la sortie. Avant qu'elle ne sorte, j'ai dit :

– Hé, maman ?

Ma mère (en se retournant) : Oui ?

Moi : Merci pour le dîner, c'était une bonne idée.

19 h 35

Mon père voulait me faire plaisir et moi, je ne voulais que Bugs Bunny. Je suis une personne horrible et je devrais mettre mon nom sur ma liste d'abrutis.

21 h 12

Sybil est venue se coucher dans mon cou et elle a commencé à ronronner. Je crois qu'elle me comprend.

Dimanche 22 janvier

Méga tempête.
Je n'ai pas appelé Nicolas. Je crois que les lignes téléphoniques étaient défectueuses. (Totalement faux ! On n'est pas dans les années cinquante, quand même !) De toute façon, sortir par ce temps aurait été complètement inconscient. Ma mère a même dit : « Ce n'est

pas un temps à mettre un chien dehors. » Alors, moi non plus, j'imagine !

Lundi 23 janvier

L'école était fermée à cause de la grosse tempête d'hier. Kat a passé la journée à se construire un igloo avec Truch. Elle m'a invitée, mais juste le fait d'imaginer Truch nous expliquant les propriétés isolantes de la neige m'épuisait. J'ai donc joué à *Mario Kart* toute la journée. Sybil n'arrêtait pas de jouer avec les fils de ma manette, ce que j'ai trouvé très drôle et qui m'a fait rater quelques courses. Ma mère est rentrée tôt du travail et elle a fait quelques parties avec moi. Je les ai toutes gagnées ! C'est ce qui arrive quand on a les bons bonshommes (et qu'on ne se laisse pas déconcentrer par son chat… ou un beau garçon) !

Je n'ai pas appelé Nicolas. Suis-je un igloo émotif?
Sybil m'a regardée et m'a fait : « Miaouuuu », ce qui
me semble assez éloquent.

mardi 24 janvier

Toute la journée, chaque fois que Kat me parlait de
son « igloo » construit avec Truch, il me venait une
comptine dans la tête : « Igloo, igloo, igloo, igloo. » J'ai
fredonné ça toute la journée, compulsivement.

18h36

Pendant que je faisais la vaisselle, je fredonnais toujours
« Igloo, igloo, igloo, igloo », sans trop m'en rendre
compte, vu que c'est devenu une seconde nature pour
moi, semble-t-il, de fredonner ça. Le pire, c'est que je

me donne à fond et que j'y ajoute même des sonorités parfois rock, parfois techno.

Ma mère finit par me demander :

– Mais enfin, Aurélie ! Qu'est-ce qui se passe ?

Moi : Rien, pourquoi ?

Ma mère : Tu ne t'es pas mise à boire, quand même ?

Moi : Mais non, voyons, pourquoi ?

Ma mère : Tu n'arrêtes pas de chanter « igloo, igloo » ! C'est une chanson de beuverie ! (Elle s'approche de moi, met ses mains sur mes épaules et commence à me secouer vivement.) Je t'avertis, si je te prends à faire des concours d'alcool, tu ne sortiras plus jamais d'ici ! PLUS JAMAIS ! Il y a des jeunes qui en meurent ! QUI EN MEURENT, AURÉLIE !

Moi : Wooooo ! Relaxe ! (Je lui retire les mains de mes épaules.) Je ne me suis pas saoulée. C'est juste que Kat n'arrêtait pas de me parler de son igloo aujourd'hui et le fait de ne pas arrêter de penser au mot « igloo » m'a mis cette chanson dans la tête.

Ma mère : Ah. Oh, ouf ! Je suis contente ! (Elle me serre dans ses bras.) J'ai eu peur, là !

Moi (en me dégageant) : Et puis, t'aurais du mal à me retenir ici plus que je ne le suis déjà. Tu n'as pas remarqué que je n'ai aucune vie sociale depuis que Kat a un petit copain ?

Ma mère : C'est normal. C'est son premier amour. Elle va redescendre sur terre bientôt, tu vas voir.

Ah oui ? Et elle est où en ce moment ? Sur la Planète des singes ? Où il n'y a aucune place pour les meilleures amies ?

18 h 41

Ha ! ha ! ha ! ha ! La Planète des singes ! Parfait pour Truch.

18 h 42

Driiiiiiiiiiiiiiiiiiiiiiiing ! Ma mère répond. Elle discute un peu avec la personne et elle parle de Sybil. J'ai l'impression qu'elle parle à une de ses amies ou à ma tante Louise, lorsqu'elle me tend le téléphone en me disant que c'est pour moi. Je prends le combiné.
Moi : Oui, allô ?

18 h 45

C'était Nicolas. Il voulait savoir si ça me tentait de faire quelque chose « en amis » demain après l'école. Il m'a proposé qu'on aille à la salle de jeux. J'ai dit oui. Hi ! hi ! hi ! hi ! hi ! hi !

Kat n'était pas à l'école aujourd'hui. Elle a peut-être attrapé la grippe après sa journée « igloo ». Propriétés isolantes de la neige, mon œil !

15h1

Même si j'ai rendez-vous avec Nicolas après l'école, ça ne m'a pas empêchée d'être hyper concentrée sur mes cours toute la journée. Après tout, c'est une rencontre « en amis », bien ordinaire. Si Kat et moi nous donnions rendez-vous à la salle de jeux, je ne serais pas aussi emballée. Enfin, peut-être que si, vu que ces temps-ci je ne la vois qu'à l'école (quand elle n'est pas absente) et que ça me ferait triper de faire quelque chose avec elle, mais ça ne me déconcentrerait pas à l'école.

La vérité : OK, la vérité, c'est que j'ai été un tout petit peu déconcentrée et que je regardais l'heure toutes les deux minutes. Je n'en reviens pas à quel point c'est long une minute ! Parfois, je me donnais le défi de ne pas regarder l'heure pendant au moins cinq minutes, et alors que je me disais que ça devait bien faire au moins dix minutes et que j'avais largement atteint mon objectif, je regardais l'horloge et il n'y avait que trente secondes de passées.

16 h 10

Nouille ! J'ai oublié d'apporter des vêtements de rechange et je n'ai pas le temps de retourner chez moi. Je vais être obligée d'aller à la salle de jeux en uniforme scolaire !

16 h 15

Nicolas : Il est beau, ton costume.
Moi : C'est un uniforme.
Nicolas : J't'ai cassée !
Moi : Ah.
Nicolas : C'est une blague !
Moi : Ha. Ha. Est bonne.

17 h 10

Nicolas et moi avons *vraiment* tripé ! Je l'ai battu au basket ! (Je ne le lui ai pas dit, mais un de mes ballons était un peu dégonflé et ça me permettait de le rentrer plus facilement dans le panier ! Hi ! hi !) On a même

fait un tour dans le simulateur de montagnes russes !
C'était vraiment trop cool (romantique) !

17h15

Avant de rentrer, Nicolas m'a proposé de me recon-
duire chez moi vu qu'il fait noir (trop chou).

17h30

Je suis encore en train d'embrasser Nicolas. Je ne sais
pas pourquoi, mais ça arrive toujours un peu malgré ma
volonté. Je ne sais pas si c'est son haleine de chewing-
gum au melon ou sa bonne odeur d'assouplissant qui
m'attire comme ça, mais on dirait que je ne peux pas
me contrôler. D'ailleurs, je ne sais pas où il met son
chewing-gum quand on s'embrasse, parce que même si,
par définition, une pelle est un tournicoti de langues,
je n'ai jamais touché son chewing-gum (ce qui, à mon
avis, serait franchement dégueu).

17h35

Nicolas : On est toujours amis ?
Moi : Euh…
Nicolas : Je te charrie !
Moi : Ah.
Nicolas : Je me disais que cette fois-ci, ce serait cool
qu'on sorte ensemble avant que tu casses.

Moi : Ah, OK.

Note à moi-même : une chance qu'il n'ait pas dit : « J't'ai cassée. » À ce moment particulier, j'aurais trouvé ça moyen.

Note à moi-même n° 2 : j'ai dit : « OK. » Je me demande si ça veut dire qu'on sort ensemble...

18 h 17

Moi (en mettant les assiettes dans le lave-vaisselle) : Et tu casses ! Et tu casses ! Et tu casses !
Ma mère : Tu as encore des comptines dans la tête ?
Moi : Non, c'est Brice de Nice.
Ma mère : Ah, bon. Connais pas.
Moi : C'est un film.
Ma mère : Tu me sembles un peu bizarre ces temps-ci. Y a-t-il quelque chose dont tu aimerais me parler ?
Moi : Hum... Non. Je suis normale.

20 h 50

J'ai un petit copain. Hi-hou-hou-hi-hi-hou-hi.

Je voulais annoncer à Kat que je faisais maintenant partie de sa bande (sans lui dire pour la Planète des singes), mais elle était toujours absente ce matin.

Midi

Toujours pas de nouvelles de Kat.

16 h 12

Comme j'étais inquiète, j'ai appelé Kat tout de suite en arrivant chez moi. C'est sa mère qui a répondu.
Mme Demers : Oui, bonsoir ?
Moi : Allô, madame Demers, c'est Aurélie, est-ce que Kat est là ?
Mme Demers : Oui… Mais Kat est très malade…
Moi : Hein ? Qu'est-ce qu'elle a ?
Mme Demers : Je ne sais pas… Peut-être une grippe. Elle ne veut rien manger.
Moi : Même pas des Tagada ?

Mme Demers : Elle est trop malade pour ça.

Ouuuh ! Ça a l'air sérieux.

20 heures

J'ai parlé une heure au téléphone avec Nicolas. Je sais plein de choses sur lui, maintenant. Il a commencé à travailler à l'animalerie pour aider son oncle, le frère de sa mère, et parce qu'il aime les animaux. Il aime bien parce que ça lui fait de l'argent de poche (pas les animaux, son travail) et que son oncle le laisse décider de ses horaires. Ses parents sont divorcés, mais ils habitent près et sont en bons termes. Il est bon à l'école. Il voudrait devenir vétérinaire. Il a une grande passion pour le skate mais ne pratique pas assez souvent et... il me trouve belle ! (Hi ! hi ! hi ! hi ! hi ! hi ! hi ! hi ! hi !) Je lui ai aussi dit plein de trucs sur moi (sauf les choses qui pourraient compromettre son jugement à mon égard, style que j'ai participé à un test qui m'a appris que j'étais trois légumes). Quand je lui ai dit pour mon père, il a eu l'air de se sentir mal. Il a dit : « Désolé... » Et il y a eu un moment de silence qui a été brisé lorsqu'il m'a demandé : « Pour qui tu penses qu'il aurait voté à *Star Academy* ? » Ça m'a fait rire.

Je suis malaaaaaaaaade ! Du moins, c'est ce que j'ai fait croire à ma mère pour ne pas être obligée d'aller à l'école pour pouvoir aller voir Kat.

8 h 50

Une fois que ma mère a quitté la maison, je me suis habillée, j'ai attrapé un paquet de Tagada et je suis sortie. On gèle aujourd'hui, c'est l'enfer !

9 h 2

Je regarde par la fenêtre de chez Kat pour m'assurer qu'il n'y a personne. La voie est libre. Je sonne.

9 h 3

Pas de réponse.

9 h 4

Je lance des boules de neige sur la fenêtre de Kat. Je la vois soudain apparaître. J'ai presque eu peur, on dirait la fille dans *The Ring*. (OK, j'exagère juste un petit peu.)

9 h 5

Elle m'ouvre. Elle a les cheveux ébouriffés et porte son pyjama rose avec des poussins jaunes. Elle me dit un faible « allô ». Et retourne dans sa chambre sans parler. Je la suis.

9 h 10

Moi : Qu'est-ce qu'il y a, Kat ?
Kat : Je suis malade.
Moi : T'as la grippe ?
Kat : Non.
Moi : Une pneumonie ?
Kat : Non.
Moi : La mononucléose ?
Kat : Non.
Elle se met à pleurer en se tortillant sur son lit.

9 h 15

Kat n'arrête pas de pleurer.
Moi : Préfères-tu que je m'en aille ?
Kat : Non, reste.
Moi : Faut juste me dire si ta maladie est contagieuse.
Kat : Ça a l'air que non, ça fait des mois que je l'ai et tu ne l'as pas attrapée.

Moi : Ma pauvre… T'as… une maladie… grave ?

Kat : Si je te dis ce que j'ai… promets-moi que tu ne le diras à personne.

Moi : Kat, j'ai fait semblant d'être malade seulement pour venir te voir, tu crois vraiment que je serais du genre à te trahir ?

Kat : T'as fait ça pour moi ?

Moi : Oui !

Kat : T'es ma meilleure, meilleure amie ! Et moi, je suis… NUUUUUULLLE !

Moi : Qu'est-ce qu'il y a ?

Kat : C'est Truch… il… il m'a… il m'a… il m'a…

Moi : Qu'est-ce qu'il t'a fait ?

Kat : Il m'a… larguée.

Elle s'est remise en boule sur son lit et elle a recommencé à sangloter. J'ai remarqué qu'elle tenait dans ses mains le petit ourson avec un tee-shirt « I cœur you » que Truch lui a donné il y a quelques semaines. J'ai sorti les Tagada de mon sac et je les lui ai tendues. Elle a commencé à les manger les unes après les autres en me racontant ce que Truch lui avait dit. Il lui a dit qu'à leur âge, ils ne pouvaient pas avoir de relation sérieuse, etc., etc. Leur relation lui demandait trop de temps, etc., etc. Je peux très bien imaginer Truch rompre avec Kat. Fidèle à ses habitudes, il a sûrement parlé, parlé, parlé…

Kat : Le pire, c'est que c'est *lui* qui voulait qu'on soit tout le temps ensemble !

Moi : T'es sûre ? T'étais pas mal accro, toi aussi…

Kat : Oh, t'as raison ! J'ai été tellement craignos ! Je ne t'ai même pas appelée à Noël. Et aujourd'hui, t'es là. C'est toi qui as raison, Au' ! Tous les mecs sont des abrutis ! Tous ! Même mon père !

Moi : Ton père est cool !

Kat : Et tu sais c'est quoi le pire du pire du pire ?

Moi : Par rapport à ton père ?

Kat : Non, à Truch. Il dit qu'il pensait me quitter depuis longtemps. Mais il ne l'a pas fait parce que… c'était Noël-ël-ëëëëëëëëëëëëëëëël !

Elle a recommencé à pleurer de plus belle.

Kat s'est un peu calmée. Elle a maintenant de la rage dans les yeux.

Kat : C'est toi qui avais raison ! Je vais devenir comme toi ! Je ne veux pas de petit copain ! Beeeeurk ! Hé, Au' ! (Elle se mouche.) J'ai une idée !

Moi : Quoi ?

Kat : On ne devrait sortir avec un garçon que quand on sera en seconde et le larguer après le bal de fin d'année !

Moi : Tu penses ?

Kat : Oh, mon Dieu ! Je parlais d'amour… Tu devais me trouver teeeellement ridicule !

Moi : Ben… un peu…

Kat : C'est toi qui avais raison… Les mecs sont des abrutis.

Moi : Pas *tous* les mecs. Et parfois, les filles, on ne donne pas notre place non plus…

Kat : Maintenant, on fait ce que t'as toujours dit ! On n'a pas de petit copain, OK ?

Moi : Euh… ouais… je disais ça, mais… dans ce temps-là…

Kat mangeait ses Tagada. Sa tristesse semblait avoir laissé place à la rage.

Moi : Ce n'est pas un peu… drastique ?

Kat : Non ! L'amour fait faire n'importe quoi ! Dire que j'ai renié Simple Plan ! Tu te rends compte ? Moi ! Katryne Demers ! J'ai renié Simple Plan !

Moi : Ouais, j'avoue.

Kat : Tu sais ce que ça fait, l'amour ? Ça fait mal. Mal ! Alors, c'est fini ! À. Tout. Jamais. OK ?

Kat continuait de manger des Tagada et ne pleurait plus. Elle me regardait et ses yeux implorants scintillaient (elle ressemblait presque à un personnage de manga).

Moi : Euh… ben… OK.

Février

Perdre les pédales

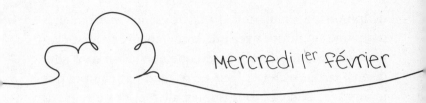

Définition du *Nouveau Petit Robert* :

Ami, ie : n. et adj. – X^e ; lat. *amicus, amica*. **1.** Personne liée d'amitié avec (une autre personne), ou qui est l'objet de l'amitié de quelqu'un. *Fam.* copain, pote. **2.** Personne qui est bien disposée, a de la sympathie envers une autre ou une collectivité. **3.** *Faux ami.* Mot qui, dans une langue étrangère, présente une similitude trompeuse avec un mot d'une autre langue (ex. *actually* [« effectivement », en anglais] et actuellement). CONTR. Ennemi, hostile.

Bon, il n'y a rien là-dedans qui dise qu'on ne peut pas sortir avec un mec sans le dire à sa meilleure amie. Si ce n'est pas dans la définition, c'est que ça doit être accepté mondialement. Sinon, ce serait clairement indiqué que c'est une règle de base. Mais là, rien n'en fait mention, alors techniquement, je ne brise aucune règle. J'avoue que j'ai eu un petit pincement quand j'ai vu la définition de « faux ami », mais c'est un *mot* qui présente une similitude avec une autre langue, ce n'est clairement pas une *fille* qui garde quelque chose dans son, disons, jardin secret. Si Kat ne se rend pas compte que je sors avec Nicolas, tout va bien aller, et ça ne veut pas dire que je ne suis pas une bonne amie pour autant.

Ouf ! Une chance que j'aie cherché !

vendredi 3 février

Cours de maths.
Kat m'envoie une lettre dans laquelle elle a dessiné Truch avec une tête de mort. Et elle a fait des flèches partout autour pour indiquer que c'était Truch, pour que je le comprenne bien (j'avoue que ça aurait été difficile autrement, elle est nulle en dessin). Et elle a écrit : « Je le déteste ! » au moins vingt-cinq fois. Au

moment où je range discrètement la feuille dans mon sac, je regarde Kat et je vois une larme tomber dans son manuel de maths au moment où Jocelyne dit : « Il est moins vingt-cinq, sortez vos cahiers… » Je lève la main en la secouant pour être certaine de me faire remarquer. Jocelyne s'arrête.

Jocelyne : Oui, Aurélie ?

Moi : Je me demandais quelque chose…

Jocelyne : Oui.

Moi : Pourquoi on dit « moins vingt-cinq » quand on dit l'heure ?

Jocelyne : Quoi ?

Moi : Je me demandais pourquoi on ne dit pas l'heure qu'il est plutôt que de dire l'heure qu'il n'est pas encore ?

Moins vingt-cinq

Denis Beaulieu : Aurélie Laflamme, ça faisait long-temps que je ne t'avais pas vue dans mon bureau.

Moi (au bord des larmes) : Je croyais… vraiment… que…

Denis Beaulieu : Qu'est-ce qui s'est passé ?

Je prends sur moi pour arrêter d'avoir envie de pleurer, comme chaque fois que je me retrouve chez le direc-teur.

Moi : C'est que… ça fait longtemps que je me demande pourquoi certaines personnes ne disent pas l'heure qu'il est vraiment. Par exemple, pourquoi on dit qu'il est « moins le quart », ou « moins cinq » à la place de dire « Il est neuf heures cinquante-cinq ». Me semble que c'est moins compliqué.

Denis Beaulieu : L'heure... ce n'est pas quelque chose qu'on apprend au primaire, ça, Aurélie ?

Moi : Oui, mais quand j'étais au primaire, j'apprenais des choses et je ne me posais pas de questions comme ça. Maintenant, je sais plus de choses, donc je me pose plus de questions.

Denis Beaulieu : Hum... Je comprends. Tu n'as peut-être pas choisi ton moment.

Moi : Jocelyne a dit qu'il était « moins vingt-cinq » et on était en cours de maths. Comme il faut faire un calcul pour savoir l'heure qu'il est vraiment, j'ai pensé « calcul = maths », alors je me suis dit que c'était le bon moment.

Denis Beaulieu : Je comprends. Tu n'as pas dit ça pour déranger la classe, alors, hein ?

Moi : Ben... non.

Denis Beaulieu : Tu es sûre ?

Moi : C'est une question que je me pose *réellement*. En plus, c'est très complexe. On dit : « Moins vingt-cinq », « moins le quart » et « moins cinq », mais on ne dit pas « moins vingt-trois », « moins un tiers », « moins onze ». On dit les chiffres qui sont des multiples de cinq. Me

semble que c'est normal de se demander pourquoi…
Je suis à l'école pour apprendre, non ?

Denis Beaulieu : Aurélie…

Moi : OK, si vous voulez savoir toute la vérité, c'est que je me pose *réellement* la question, mais aussi… Mon amie Kat a vraiment beaucoup de peine ces temps-ci et… je voulais la faire rire. (Une chance que je ne sois pas une espionne internationale. Les secrets de mon pays ne seraient pas vraiment en sécurité avec moi…)

Denis Beaulieu : Je vois. Elle a de la peine pourquoi ?

Moi : Parce que… (Hé, wo ! Ça suffit, la haute trahison !) C'est secret… Elle m'a fait promettre de ne le dire à personne. Et je suis sa meilleure amie ! Et une meilleure amie, c'est plus que juste quelqu'un qui est avec vous à l'école. C'est sacré ! Mais je vous jure que c'est vrai !

Denis Beaulieu : Je te crois. Bon, je vais te dire ce qu'on va faire. Va présenter tes excuses à Jocelyne et je ne te mets pas en retenue. Ça marche ?

Moi : OK ! Merci, monsieur Beaulieu !

Je reprends mon sac et m'apprête à sortir, mais je me retourne et je lui demande :

– Est-ce que vous le savez, vous, pourquoi on dit « moins vingt-cinq » ?

Denis Beaulieu : C'est… une façon de lire l'heure.

Moi : Je le sais, mais ça ne me dit pas pourquoi. Est-ce

que ça dérange si, après m'être excusée à Jocelyne, je le lui demande ?
Denis Beaulieu : Aurélie !
Moi : OK, OK.

12 h 30

Je suis un peu gênée d'entrer dans la salle des profs. Ils sont toujours en grande conversation avec une tasse de café à la main et, lorsqu'ils regardent vers la porte d'entrée ouverte, ils font souvent semblant de ne pas nous voir. Je cogne sur l'encadrement de la porte et le prof d'histoire de cinquième que je ne connais pas vient vers moi (je dirais, par dépit, parce que aucun autre ne voulait se dévouer).
Moi : Est-ce que Jocelyne est là ?
Prof de cinquième : Oui, un instant.
Un groupe de profs se font une blague inaudible et éclatent de rire. Je remarque que Denis Beaulieu est dans un coin et semble préoccupé. Peut-être que ma question sur l'heure l'a lui aussi intrigué. Je sais que, personnellement, quand je me mets à penser à la logique de la chose, j'en ai pour longtemps à me questionner. Jocelyne arrive près de la porte d'entrée. Elle sent la cigarette.
Je reste dans l'encadrement de la porte et je dis :
– Je m'excuse pour tout à l'heure, mais…

Je vois Denis Beaulieu me regarder, et il fait un petit non avec la tête.

Moi : Je m'excuse.

Denis Beaulieu fait subtilement oui de la tête.

Jocelyne : C'est bien. Mais arrête de me déranger en classe. C'est énervant, à la longue !

Moi : Je vais essayer. Euh… je veux dire, oui. Oui, dans le sens que non, je ne dérangerai plus.

Jocelyne : Va déjeuner maintenant, il est presque moins le quart !

Je voulais faire « bye » à Denis Beaulieu, mais il était en train de lire quelque chose et j'ai remarqué qu'il souriait.

12 h 47

Kat m'a attendue pour manger.

Kat : Tu m'as tellement fait rire pendant le cours de maths ! J'avais de la morve qui me sortait du nez tellement je m'empêchais de rire pendant que tu étais chez le directeur !

Bon, je ne suis pas une amie si pourrie que ça. Je lui cache peut-être un petit secret, mais c'est vraiment un *détail*, et j'ai d'autres qualités.

12 h 59

Je suis allée chercher un deuxième gâteau, et je l'ai coupé en deux pour le partager avec Kat. Ben quoi ? Elle m'a attendue pour déjeuner, ça mérite une récompense. Ce n'est *pas du tout* pour acheter son amitié.

13 h 29

Je m'efforce de ne pas être dans la lune pendant le cours de français. On devrait me mettre en prison. Je suis une amie horrible !

20 h 31

Pendant que ma mère regarde un feuilleton à la télé, je fais des recherches sur son ordi.
« Pourquoi on dit moins vingt-cinq alors qu'il est trente-cinq quand on dit l'heure – aucun document ne correspond aux termes de recherche spécifiés. »

Espèce de Google qui ne fonctionne jamais !!!!!!!!!!!!!!!! !!!!!!!!!

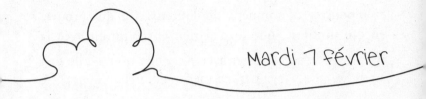

En bio, ce matin, sœur Rose a parlé du rôle du cerveau dans la douleur :

– Selon une nouvelle étude, l'attente d'un moment désagréable cause une réelle douleur. Des neurologues ont découvert que ce genre d'attente active les zones du cerveau associées à la douleur. Ils ont soumis des cobayes à des décharges électriques administrées après une attente d'une durée imprévisible. Eh bien, imaginez donc que l'attente était tellement déplaisante que le quart des cobayes a préféré recevoir immédiatement une décharge supérieure plutôt qu'une moins forte plus tard !

10 h 1

Je sais que Kat sera très fâchée quand elle saura que je sors avec Nicolas sans lui dire. Mais bizarrement, je suis totalement à l'opposé des cobayes de l'étude sur la douleur. Je préfère de loin attendre avant de le lui dire et repousser ce moment douloureux. Ce qui prouve, encore une fois, que je n'ai rien en commun avec la race humaine.

Jeudi 9 février

Je suis allée chez Kat après l'école et j'ai dit à Nicolas que j'irais le voir après le dîner. Je mène une double vie (je ne m'en vante pas, c'est juste, disons, un constat).

16 h 24

Kat a parlé à Julyanne de notre pacte de ne sortir avec personne jusqu'à deux semaines avant notre bal. Julyanne, qui copie toujours ce qu'on fait, plus particulièrement ce que *je* fais depuis que je suis allée porter ses bébés hamsters à l'animalerie afin qu'ils se fassent adopter (franchement, il y a au moins mille pop stars qui existent exprès pour être copiées, pourquoi ça tombe sur moi ?), a décidé de se joindre au pacte. Ça a fait très plaisir à Kat, qui a l'impression de protéger sa sœur « contre les forces du mal ». Ce sont ses mots. Il est vrai qu'avant de rencontrer Nicolas, je trouvais tous les garçons débiles, mais pas au point de les comparer à Dark Vador, quand même !

16 h 25

Mon Dieu ! J'ai créé un monstre !

19 heures

Après le dîner, je suis allée retrouver Nicolas au coin de sa rue, comme prévu. On a commencé à s'embrasser et j'avais l'impression que tout tournait autour de moi et j'ai ressenti un frisson dans mon dos. Je ne sais pas si c'est 1) à cause de ma culpabilité envers mon amie, 2) parce que j'ai peur que Nicolas soit un genre de Dark Vador, ou 3) parce qu'il fait moins mille dehors.

19 h 17

Nicolas a remarqué que j'avais froid et m'a proposé qu'on rentre. Il est trop top ! Titilititiiiiiiiii !

Explication du « titilititi » ou plus précisément « dérèglement de mon cerveau en présence de

Nicolas » : quand je regarde Nicolas, quand il est gentil avec moi ou simplement quand je pense à lui, mes jambes tremblent et je perds toute notion du vocabulaire français courant et j'ai juste envie de dire « titilititiiii », ce qui est complètement hors de mon contrôle, car si je pouvais vraiment me contrôler, je penserais à quelque chose de plus consistant que « titilititi ». Je me demande d'ailleurs si ce n'est pas un problème de circuits qui se touchent dans mon cerveau, ce qui expliquerait pourquoi j'ai tant de difficulté à comprendre les notions importantes à l'école.

À l'agenda : tenter de redorer le blason des garçons auprès de Kat.

Jusqu'à maintenant, vivre une relation top secrète n'est pas un problème. Comme Nicolas et moi n'allons pas à la même école, ça facilite les choses. Hier, il a proposé de venir me chercher à l'école pour qu'on fasse quelque chose, mais j'ai prétexté que la semaine était entièrement consacrée à mes études et, donc, à l'expansion très désirée de mes neurones (ce qui, comme expliqué précédemment, est quasi impossible en sa présence). Je me suis dit que s'il me jugeait à cause de ça, c'est qu'il aimait les filles tartes et qu'il me considérait comme telle, et que je n'aurais pas envie de sortir avec un mec qui me croit tarte ou qui s'intéresse aux tartes (métaphoriquement parlant, on s'entend, il a le droit d'aimer les vraies tartes, celles qui ne sont pas des filles, mais bien des pâtisseries). Bref, que je pourrais casser et, ainsi, ne plus mentir à Kat. Mais il m'a répondu qu'il comprenait et qu'il me trouvait cool de vouloir améliorer mes résultats scolaires. Il a dit qu'il essaierait de s'arranger pour ne travailler que quelques soirs de la semaine pour pouvoir passer du temps avec moi le week-end.

J'ai dit :

– Ne change pas toute ta vie pour moi ! On ne va pas commencer à devenir ce genre de personnes qui transforment toute leur vie en fonction d'une nouvelle relation. Continue à faire comme si je n'étais pas là et je m'arrangerai.

Il a dit :

– Mais tu es là ! Et j'ai envie de te voir !

J'ai dit :

– On se verra quand on pourra.

Midi

Pendant le déjeuner, Kat mange du rôti de bœuf sans appétit.

Moi : Ça va ?

Kat : Bof…

Moi : Tu pensais à Truch ?

Kat : C'est les fins de semaine qui sont plus difficiles. Habituellement, on se voyait tous les jours.

Moi : Ouais… Je le sais. (Pendant que moi, j'étais toute seule !!!)

Kat : Je déteste les garçons ! Les hommes en général !

Une sœur surveillante passe près de nous et Kat baisse le ton.

Kat : Tu crois qu'elle est devenue sœur parce qu'elle détestait les hommes ?

Moi : Pourquoi ? T'envisages cette option ?

Kat : Ben peut-être ! De toute façon, on est hors sujet. J'ai pris une décision, je veux que mes parents divorcent pour que ma mère, ma sœur et moi vivions seulement toutes les trois ensemble, avec Caprice, notre hamster, vu que c'est aussi une fille.

Moi : Kat… Tu ne trouves pas que t'exagères ? T'es chanceuse que tes parents soient encore ensemble.

Kat : Tous les hommes m'énervent ! Hier, mon père était près de l'évier de la cuisine et il disait : « C'est embêtant-tant-tant, c'est embêtant-tant-tant. » Là, je lui ai demandé ce qui était embêtant, t'sais en voulant dire : « Qu'est-ce qui est assez embêtant pour que tu chantes une espèce de chanson par rapport à ça ? » Et tu sais ce qu'il a répondu ?

Moi : Non.

Kat : « Je ne trouve pas mon marteau. » Il cherchait son marteau, t'sais !

Moi : Et ?

Kat : Et il chantait que c'était embêtant qu'il ne le trouve pas.

Moi : Ouais, et ?

Kat : Mon père *et* Truch *et* tous les hommes du monde sont craignos.

Moi : Ton père est super ! Je pense que tu devrais te trouver une passion autre que celle de détester les hommes.

Kat : T'as raison… Est-ce qu'on pourrait aller à la salle de jeux ce soir ? J'aimerais faire un peu de *Dance Dance Revolution*.

Moi : T'es sûre que tu ne veux pas y aller pour croiser Truch ?

Kat : Non. C'est ça, ma passion. Pas Truch. Le *Dance Dance*.

16 h 55

Avant le dîner, le téléphone sonne. C'est Nicolas. Il me demande si on peut faire quelque chose ensemble. Le problème, c'est que je vais déjà à la salle de jeux avec Kat. Alors, je dis :

– J'ai déjà prévu quelque chose avec Kat. On… euh… regarde un film chez moi.

Il me dit :

– Pas de problème, je vais aller à la salle de jeux avec Raphaël.

Meeeeeeeeeeeeerde ! Je ne peux pas aller à la salle de jeux et voir Nicolas et qu'il m'embrasse et qu'il me présente à son ami Raphaël en disant : « Je te présente ma copine, Aurélie » devant Kat qui va savoir que j'ai un petit copain, alors que je lui ai promis d'attendre deux semaines avant notre bal, c'est-à-dire un minimum d'au moins deux ans avant d'en avoir un ! Si je vais à la salle de jeux, Kat saura que j'ai menti et Nicolas saura que j'ai menti et il se demandera pourquoi. Je suis faite !

18 heures

J'appelle chez Kat :
— Kat, ça ne me tente pas trop d'aller à la salle de jeux.
Julyanne : Un instant. KAAAAAAAAAAT !
Oups, je me suis trompée. C'est fou ce qu'elles ont la même voix.
J'ai convaincu Kat que la salle de jeux était peuplée de spécimens de la gent masculine et que, par conséquent, on ne devrait pas s'y présenter étant donné notre nouvelle résolution de ne pas nous y intéresser (mensonge). Elle m'a trouvée géniale (malaise).
Je l'ai invitée à regarder un film chez moi, profitant du fait que ma mère était sortie avec ma tante Louise. (L'avantage de ma proposition, c'est qu'ainsi je ne mens pas à Nicolas, alors je ne mens qu'à une seule personne : Kat, ma meilleure amie. Aïe.)

18 h 23

Kat a apporté le film *Le Rêveur*, mettant en vedette

Dakota Fanning. Elle m'a dit qu'elle ne voulait rien savoir d'un film d'amour, ce qui la rendrait encore plus déprimée puisqu'elle n'y croit pas et pense que c'est de la propagande sur un sentiment absolument et totalement surestimé. Quelques semaines plus tôt, c'est moi qui aurais pu sortir cette théorie. Mais aujourd'hui, j'ai écouté Kat, j'ai pincé les lèvres et j'ai regardé le plancher sans répliquer.

19 heures

Je regarderais bien le film, mais le problème, c'est que Kat appuie sur « pause » toutes les vingt secondes pour dire du mal de Truch... et de son père ! (Pas le père de Truch, son père à elle.) J'ai eu droit à des plaintes du genre :

« Truch parlait toujours de la même chose. »

« Mon père a mangé des ailes de poulet et il s'est essuyé les doigts sur son jean... Beurk ! »

« Truch est un surnom con ! »

Etc. Jusqu'à ce que je me fâche et que je dise :

– Kat, on regarde le film, oui ou non ?

Kat : OK, si tu y tiens tant que ça.

Moi : C'est toi qui as apporté ce film !

Kat : Oui, mais c'est nul ! C'était pour boycotter les films d'amour !

Moi : Ce n'est pas nul ! Si tu n'arrêtes pas le film toutes les deux secondes, tu vas plonger dans l'histoire.

Après toute la pub que je me suis tapée sur Truch, il faut maintenant que je me tape la campagne de salissage. Je me demande si je suis condamnée à entendre parler de lui, en bien ou en mal, jusqu'à la fin de mes jours…

20 h 5

Ma mère rentre. Elle nous demande ce qu'on regarde et s'assoit pour regarder la fin avec nous.

20 h 55

Ma mère, Kat et moi pleurons comme des Madeleine. Quel beau film touchant !

21 heures

Kat pleure encore.

21 h 5

Impossible d'arrêter Kat de pleurer.

21 h 10

Ma mère, qui a pris Kat dans ses bras, me regarde, impuissante, en haussant les épaules. Je tente de lui faire un signe comme quoi Kat n'est plus avec son petit copain.

21h15

Kat s'arrête de pleurer. Elle tente de reprendre son souffle et ma mère lui apporte un verre d'eau.

Kat : Plus j'aimais le film, plus je me disais à quel point Truch l'aurait détesté. Il était vraiment snob ! Pourquoi je suis sortie avec lui, hein, pourquoi ? Pourquoi personne ne me disait qu'il était aussi nul ? Pourquoi personne ne m'a avertie que les garçons, c'est con ?

Moi : J'ai essayé…

Oups. Je n'aide pas ma cause.

Kat : Au', tu m'as suggéré de trouver ma passion et je l'ai trouvée ! Ma passion, c'est les chevaux !

Moi : Hein ? Depuis quand ?

Kat : Depuis que j'ai vu ce film ! Je veux faire de l'équitation !

Moi : T'as vu ce film il y a deux secondes !

Kat : J'ai eu une illumination !

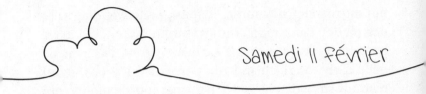

J'ai dit à Kat que j'allais au cinéma avec ma mère (faux) pour pouvoir passer la journée avec Nicolas. Ce matin, il m'a appelée pour m'inviter à jouer à la Nintendo, mais comme je lui ai parlé de ma résolution de faire plus de sport, que je n'ai pas encore mise en pratique, il m'a suggéré d'aller patiner.

Je dois avouer, Nicolas est carrément cool. Titiliti-tiiiiiiiiii !

13 h 52

Nicolas et moi nous sommes donné rendez-vous au parc, à la patinoire. Je n'ai pas voulu lui donner rendez-vous chez moi parce que je ne veux pas que ma mère, qui commence à poser des questions, sache que j'ai un petit copain (hi ! hi ! j'ai un petit copain !). Pas que ça la dérangerait, mais elle pourrait faire une gaffe devant Kat et causer une explosion nucléaire d'émotions négatives entre ma meilleure amie et moi, ce

105

qui est totalement inutile. Et puis, j'ai envie de garder des choses dans mon, disons, jardin secret. On n'est pas obligé de tout dire à sa mère ! Je ne fais rien de mal, après tout ! Quand elle pose des questions, je lui réponds simplement : « Ce n'est pas tout le monde qui a besoin d'avoir un petit copain pour vivre. » Ce que je souhaite qu'elle retienne comme message est : « Toi non plus, tu n'as pas besoin des hommes », donc qu'elle remette en question son désir de rencontrer quelqu'un et qu'elle arrête de chatter sur Internet avec des (peut-être) maniaques !

14 h 15

Ça fait longtemps que je n'ai pas patiné et je n'ai aucune grâce ! Je me fais penser à Bambi (qui est un chevreuil mâle, en passant), dans la scène où il a du mal à retrouver l'équilibre sur un lac gelé. Pas que je me rappelle *chaque* scène de *Bambi* par cœur, comme si je regardais ce film souvent, mais c'est un souvenir, disons vague, que j'ai, vu que c'est considéré comme une scène marquante de ce classique (ne l'oublions pas !) du cinéma d'animation.

14 h 20

Nicolas rit et me prend la main pour m'aider à tenir en équilibre. Ma résolution de faire plus de sport est bien pensée, parce que, ainsi, je pourrai améliorer mes compétences et peut-être avoir des meilleures notes à l'école dans cette matière. La matière où je suis la plus faible ! Bizarre, puisque c'est la seule qui ne demande pas de compétences cérébrales particulières. Hum…

Oh, je suis certaine que Truch répondrait : « Si, ça demande des compétences cérébrales puisque le sport permet au cerveau d'émettre de l'endorphine, de la sérotonine, et bla-bla-bla… »

Aïe ! Je me souviens de mes cours de biologie ! C'est fou ! Je veux bien croire que mon cerveau est capable de retenir des notions, d'émettre de la sérotonine, mais je ne comprends pas pourquoi il m'envoie des images de Truch, l'ex-craignos, euh, petit copain de ma meilleure amie !

14 h 20

Nicolas a pris mes deux mains et il patine à reculons. J'ai l'impression que tout, autour de ses yeux, est flou. Il y a la neige blanche, les arbres sans feuilles, et plein d'autres personnes qui patinent, mais dans mon champ de vision, il n'y a que ses yeux.

14 h 21

Oh, merde ! Voilà ! Voilà tout à fait ce qui me faisait si peur ! Je suis ridicule !

Nicolas nous dirige vers le bord de la patinoire. Nous sommes l'un en face de l'autre pendant un moment. Et là, comme d'habitude, on s'embrasse. Mes jambes se mettent à trembler, ce qui est très peu commode quand on porte des patins. Alors, je commence à tituber et Nicolas me retient. On est morts de rire. Puis il recule un peu et me regarde.

Lui : Aurélie, je t...

Moi : Oooooooh, meeeeeeeeeeeeerde !

Au loin, derrière lui, j'aperçois Kat qui marche dans le parc et qui se dirige vers l'endroit où je me trouve. Sans réfléchir, je pousse Nicolas dans le banc de neige qui entoure la patinoire en espérant qu'elle ne nous a pas encore vus. Ensuite, je grimpe sur le banc de neige, avec mes patins, et je me mets à courir dans le parc. Si je manquais de grâce sur la patinoire, c'est pire x 1000 sur la neige.

14 h 25

Kat : Au' ! Qu'est-ce que tu fais là ? Tu n'es pas au cinéma ?

Moi : Euh... Finalement, ma mère avait... quelque chose. Et je suis venue patiner.

Kat : Toute seule ?

Moi : Oui. J'avais besoin de… bouger.

Je fais un mouvement de style boogie-woogie pour appuyer ce que je dis.

Kat (qui me regarde, perplexe) : Ah.

Moi : Au jour de l'an, j'ai pris des résolutions, faire du sport en fait partie et je voulais absolument les tenir toutes, cette année.

Kat : Je te comprends.

Moi : Qu'est-ce que tu fais ici ?

Kat : Je me sentais un peu triste et je suis venue traîner dans le parc. Mais maintenant que je te vois, je peux peut-être louer des patins et patiner avec toi.

Je jette un coup d'œil vers la patinoire et je vois Nicolas secouer la neige qu'il a sur lui depuis qu'il a réussi à s'extirper du banc de neige. Je vois qu'il me cherche du regard, alors je prends Kat par le bras et la conduis derrière un arbre, hors de son champ de vision. Peut-être que je n'aurai plus besoin de mentir parce que, après ça, il ne voudra probablement plus rien savoir de moi.

Moi : Pourquoi on ne fait pas quelque chose d'autre, à la place ?

Kat : Oh ! On loue *Pur Sang* ! C'est un autre film avec des chevaux, il paraît que c'est super !

Moi : OK.

J'ai vu que Nicolas avait rencontré quelques-uns de ses amis qui sont arrivés pour jouer au hockey au bout de la patinoire. J'ai donc la voie libre pour aller enlever mes patins.

Dimanche 12 février

Je suis une terrible, terrible personne ! Il faudrait peut-être que j'appelle Nicolas pour m'expliquer. Il ne doit pas trop comprendre pourquoi je l'ai poussé dans un banc de neige en le laissant là, sans rien dire. Hier, j'ai passé le reste de la journée avec Kat. On a regardé *Pur Sang* et ça lui a confirmé sa passion pour les chevaux.

Kat a un chagrin d'amour. Il aurait été bien égoïste de ma part de ne pas lui venir en aide. Si j'avais un chagrin d'amour, Kat m'aiderait. Bon, pour ça, il faudrait qu'elle *sache* que j'ai un petit copain, et que je n'aie pas poussé ledit petit copain dans un banc de neige et que notre relation se poursuive jusqu'au jour où elle se terminera. Euh… C'est compliqué. Mais bon, c'est évident qu'entre quelqu'un qui a de la peine et un garçon de très bonne humeur, le choix est facile : l'amie qui a de la peine, voyons !

D'ailleurs, une des raisons pour lesquelles je ne voulais pas de mec, c'est justement pour ne pas devenir une espèce de personne qui oublie tout de sa vie pour ne se concentrer que sur une seule personne : un garçon qu'elle connaît depuis quoi… dix minutes ? (Bon, dans le cas de Nicolas et moi, ça remonte à plus longtemps, mais c'est une façon de parler.)

10 h 36

Si j'ai fait le bon choix, pourquoi je me sens aussi mal par rapport à Nicolas ?

10 h 37

S'il est incapable de comprendre que mon amie a de la peine, il est juste débile !

10 h 38

Le problème, c'est que je ne lui ai pas donné la chance de comprendre.

10 h 45

Je suis une horriiiiiible personne ! Horrible ! Une

menteuse ! La pire personne de l'univers. Limite diabolique.

10 h 50

AAAAAARRRRRRGGGGGGGGHHHHH !!!!!!! C'est
insupportable !

11 h 20

Je vais l'appeler. Pour m'excuser. Bon plan.

11 h 25

Sauf que… si je ne le rappelle pas, j'évite plein de problèmes. Comme ceux que Kat vit en ce moment.

11 h 27

Non. Il faut que je l'appelle. J'aurais pu le blesser en le
jetant dans le banc de neige. Et je ne voudrais pas avoir
des problèmes de conscience toute ma vie à cause de ça.
Je compose le numéro.
Ça sonne.
Monsieur (père de Nicolas) : Oui, bonjour ?
Moi : Allô, est-ce que je pourrais parler à Nicolas ?
Monsieur : Ah ! Salut Aurélie ! Il est chez sa mère,
veux-tu le numéro ?
Je suis déçue de voir qu'avec ma simple voix, il est
impossible de passer incognito.

11 h 30

Je vais attendre jusqu'à 11 h 31 pour que ça fasse plus nonchalant.

11 h 31

Je compose le numéro. Ça sonne.
Madame (sûrement mère de Nicolas) : Oui ?
Moi : Euh... est-ce que je pourrais parler à... ATCHOUM !
Je raccroche illico. C'est vraiment trop gênant !!!!!! Mon premier contact avec la mère de Nicolas est complètement raté !

11 h 32

Bon, il faut que je rappelle.
Peut-être que ce ne sera pas elle qui va répondre.
Je compose le numéro.
Ça sonne.
Madame (avec un ton expéditif) : Oui !
Moi (timidement) : Euh... Est-ce que je pourrais parler à Nicolas, s'il vous plaît ?
Madame : Quoi ? ! Je n'ai rien entendu !
Ouille ! Je ne pourrais pas avoir un accueil plus glacial. J'aurais encore envie de raccrocher (ou, beaucoup moins mature, de commencer à pleurer), mais il faudrait que

je fasse une autre tentative téléphonique pour m'excuser et ce serait trop difficile. Résultat : je ne rappellerais plus jamais Nicolas. Je m'arrangerais pour ne plus jamais le croiser non plus. Et je ne le reverrais que dans vingt-cinq ans, rongée par les remords et, sur mon lit de mort – parce que ces remords me donneraient le cancer –, j'attendrais qu'il vienne me voir pour enfin m'excuser et partir l'esprit en paix. Au nom de ma santé et de ma survie, je me dois de passer par-dessus l'air bête de sa mère.

Moi (je crie) : EST-CE QUE JE POURRAIS PARLER À NICOLAS, S'IL VOUS PLAÎT ?

Madame (encore plus froide) : Il travaille, aujourd'hui. Bye.

Et elle raccroche.

Méchant air bête !

12 h 29

J'entre dans l'animalerie où Nicolas travaille et j'entends tous les sons que je n'ai pas entendus depuis si longtemps. Il y a Bono, le perroquet qui crie « hello », les chiens qui jappent, des oiseaux qui chantent. J'essaie de ne pas me faire voir par la fille aux cheveux rouges (qui sont maintenant assez décolorés) à la caisse. Je passe devant la cage des minous et il y a plein de nouveaux chats (pas aussi mignons que Sybil).

12h37

Depuis que je suis arrivée, je n'ai vu Nicolas nulle part. Il doit être dans l'arrière-boutique et je suis trop gênée pour me faufiler là-bas. Je vais attendre qu'il sorte.

13h1

Toujours pas de Nicolas.

13h14

J'en ai trop marre d'attendre. Je n'ai que deux options : a) je pars, ou b) j'entre en douce dans l'arrière-boutique. Je me faufile derrière les portes. J'aperçois Nicolas en train de laver une cage dans un grand évier. Puisqu'il ne m'a pas vue, j'ai encore la possibilité de revenir à l'option « a ».

Un monsieur m'arrête et me prend par le bras.

Monsieur : Qu'est-ce que tu fais ici, toi ?

Option « a » ! Option « a » ! Option « a » !

Nicolas : Aurélie ? (Il se retourne vers le monsieur.) C'est bon, je la connais.

Le monsieur me lâche le bras.

Nicolas : Qu'est-ce que…

Moi : Je voulais m'excuser pour hier.

Bizarrement, malgré tout le temps que j'ai eu, je n'ai pas pensé à ce que j'allais lui donner comme raison.

La vérité serait sans doute appropriée, mais je n'ai pas encore décidé si c'était une bonne idée de le rendre complice de mon crime de mentir à ma meilleure amie. Il y a sûrement une autre solution.

Nicolas : Non, c'est moi. Je te brusque tout le temps. Tu m'avais dit que tu ne te sentais pas prête pour sortir avec quelqu'un et...

Moi : Non, ce n'est pas ça...

Nicolas : Hier, je voulais... Mais c'était sûrement trop vite. Et tu t'es sauvée.

Moi : Je ne me suis pas sauvée...

Il me semble que ce serait le bon moment pour lui dire que je vis cette relation en cachette de ma meilleure amie. Pourquoi je n'y arrive pas ?

Nicolas : Je pense qu'on ferait mieux d'être amis, comme tu me l'avais suggéré.

Nicolas continue de nettoyer quelque chose que je ne vois pas et il ne me regarde plus. Ce qu'il dit est vrai. Vivre une relation et risquer d'avoir de la peine, comme Kat a de la peine à cause de Truch ou comme j'en ai eu quand mon père est décédé, me fait peur. Mais s'il y a quelque chose que j'ai appris en lisant *Miss Magazine*, c'est que 1) vaut mieux démêler des cheveux mouillés avec un peigne plutôt qu'avec une brosse, et 2) si j'enlève quelques couches d'oignons (métaphoriques), je ne me transformerai pas en citrouille (ma conclusion personnelle).

Moi : Non !
Nicolas : Non quoi ?
Moi : Non, je *veux* qu'on sorte ensemble.
Il arrête de frotter et me regarde.
Nicolas : Ah oui ?
Moi : Oui, mais hier… J'aimais la journée, c'est juste que…
Nicolas : J'ai été un peu trop vite sur mes patins ?
J'avais envie de lui dire toute la vérité, mais j'ai éclaté de rire et je n'avais qu'un mot en tête : « Titilititiiiii ».

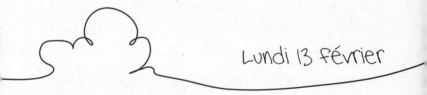

Lundi 13 février

Journée pédagogique !
Je voudrais profiter de cette journée pour étudier. Mais le téléphone sonne toutes les trente secondes ! Kat fait de nombreuses découvertes sur les chevaux et rêve que ses parents lui en achètent un, même si ça coûte

hyper cher. Elle dit qu'elle aimerait se trouver un travail pour les aider à en payer une partie. Toutes les cinq
minutes, elle a un nouveau plan.

Quand ce n'est pas Kat qui appelle, c'est Nicolas (j'avoue
que je suis contente quand j'entends sa voix). Hier, j'ai
failli tout révéler à ma mère au sujet de Nicolas. Est-ce
quelque chose qu'on confie à sa mère ? J'aimerais le lui
dire parce que je voudrais le dire à quelqu'un. Je l'ai
bien dit à Sybil, mais ça ne semble pas une nouvelle
qui la réjouisse parce que quand je le lui ai dit, elle ne
s'est pas tournée vers moi et elle a continué de jouer
avec mes pantoufles.

Comment je lui dirais ça ? « Maman, j'ai un petit
copain. » Je ne sais pas. Il faut que je me confie au
moins à une personne.

13 heures

Ce n'est pas tant le fait d'avoir un petit copain qui me
fait triper, parce que je n'en voulais pas. C'est le fait
que ce soit Nicolas, et que ce soit un mec trop génial !

13 h 16

Je vais tout avouer à Kat bientôt. Mais pour l'instant,
ça vaut la peine de garder le secret. Pas très longtemps.
Disons, juste encore un petit peu.

13 h 21

Malgré tout, j'aurais envie d'en parler à la terre entière !!!

15 h 13

Je me suis confiée à tout un lot de personnes ! J'ai profité de l'absence de ma mère pour me servir de son
ordinateur afin de faire une recherche Internet pour
mon travail de géo. Et j'ai trouvé un blogue intéressant et j'ai annoncé à tous les blogueurs que j'avais
un petit copain. Bon, ça n'avait aucun rapport avec le
sujet du blogue (qui traite de l'écologie) et j'ai utilisé
le pseudo « Bambi » (en l'honneur de ma journée de
patinage avec Nicolas), alors *techniquement*, personne
ne sait que c'est *moi*. Mais ça m'a fait du bien de l'annoncer à des gens. C'est juste bizarre quand tu visites
le blogue et que tu lis :

Écologique, 14 h 27, a écrit :
Il faut préconiser les énergies propres comme le solaire
photovoltaïque, les biocarburants et les batteries évo-
luées.

Pourunavenirvert, 14 h 45, a écrit :
Je suis d'accord. Nous devrions manifester afin que
le gouvernement, et donc les décideurs politiques, les

entreprises et les investisseurs comprennent à quel point il est primordial de favoriser l'utilisation des technologies propres.

Bambi, 14 h 52, a écrit :
J'AI UN MEC !!!!!!!!!!!!!!!!

Mardi 14 février

S aint-Valentin.
Ça va mal en français malgré mon poème. J'aimerais être capable de retrouver ma concentration. Le problème, c'est qu'avant les fêtes, j'avais presque réussi, mais depuis quelque temps, j'ai du mal à ne pas penser à Nicolas.
Il n'y a personne d'autre à l'école qui s'appelle Aurélie. Mais il y a deux Katryne dans le cours de maths (l'autre Katryne écrit son nom comme ça : Catherine). Alors,

quand un prof dit : « Katryne », Kat a une chance sur deux qu'il ne s'agisse pas d'elle. Mais quand un prof dit : « Aurélie », c'est sûr que c'est moi.

Tout ça pour dire qu'aujourd'hui, en français, Marie-Claude m'a demandé (devant tout le monde) :

– Aurélie, peux-tu rappeler à la classe ce qu'est un marqueur de relation ?

Sur le coup, j'ai été sonnée. J'étais dans la lune. Et il m'est arrivé ce qui m'arrive chaque fois qu'un prof dit mon nom : j'ai senti une grosse boule apparaître au niveau de mon estomac et descendre jusqu'à mes pieds, causant un assèchement spontané de ma bouche et m'empêchant par le fait même de parler pendant un instant.

Marie-Claude : Aurélie ?

Moi (après m'être raclé la gorge) : Euhgrr… Oui. Le marqueur de relation est un mot, euh… qui établit des liens (je regarde dans mon manuel) sémantiques entre les mots et les phrases.

Marie-Claude : Oui, c'est ça.

Elle a continué de parler, mais je n'arrivais plus à écouter. Je ressentais encore ma boule au niveau de l'estomac. Les profs ne savent pas à quel point c'est humiliant de se faire interpeller comme ça, sans avertissement. Une chance que j'aie passé ma journée à étudier hier, sinon j'étais cuite !

Midi

Kat est incapable de manger son sandwich. Elle est triste. Elle dit que ça ne passe pas. Elle ne veut pas l'avouer, mais je crois que le fait que ce soit la Saint-Valentin, et que l'école soit décorée avec tout plein de cœurs rouges en dentelle et de cupidons en or craignos lui fait revivre les émotions qu'elle refoule depuis quelques semaines.

Moi : Écoute, il faut que tu prennes des forces pour quand tu auras un cheval !

Ça l'a ravigotée et elle a commencé à manger.

Kat : T'as raison. Je ne sais pas pourquoi je m'en fais pour lui. Une chance que je t'aie, toi, ma meilleure amie.

Puis elle s'empare d'un cœur en carton suspendu avec une corde juste au-dessus de notre table et le déchire en mille morceaux.

16 heures

J'ai une idée géniale ! Kat a besoin d'un marqueur de relation (moi) pour établir un lien avec un autre garçon (je ne sais pas encore qui). Si elle sort avec quelqu'un, elle va recommencer à croire en l'amour, et elle recommencera à vouloir me vendre ce sentiment. Et là, moi, je ferai semblant de me laisser convaincre de vouloir sortir avec un garçon, en l'occurrence Nicolas (titiliti-tiiiiiiii).

18 heures

Ma mère m'a appelée pour me dire qu'elle rentrerait tard et j'ai dû manger des raviolis en conserve (dégueulasse). Je crois qu'elle a un rendez-vous galant en l'honneur de la Saint-Valentin.

18 h 50

Je regarde l'ordi de ma mère. Elle chatte souvent et ne se rend pas compte qu'elle pourrait tomber sur un maniaque. Vu qu'elle est inconsciente, il faudrait que quelqu'un l'aide.

18 h 55

En l'occurrence moi !

18 h 57

Si je fouille dans son courrier envoyé, je pourrai voir avec qui elle correspond, les « googler » et voir si ce sont des bons prétendants. S'il y a un criminel dans le lot, Google le saura.

19 h 01

Non, je ne peux pas faire ça.

19 h 2

C'est pour le bien de ma mère !

19 h 5

Juste avant que je regarde son courrier, ma mère entre.
Ouf ! Juste avant que je me fasse surprendre à faire une
grosse gaffe.

20 h 50

J'ai parlé au téléphone avec Nicolas jusqu'à ce que
ma mère me dise de raccrocher. On s'est souhaité une
joyeuse Saint-Valentin (Nicolas et moi, pas ma mère et
moi) et on avait du mal à raccrocher. Hi-hi-hi-hou-hi.
Avant de raccrocher, je lui ai demandé s'il aurait un
ami à présenter à Kat. Il m'a dit qu'il ne croyait pas aux
« plans arrangés ». Il m'a demandé pourquoi je voulais faire ça, et je n'ai pas osé lui dire que c'était parce
qu'elle ne savait pas qu'on sortait ensemble.

Mon rôle de Cupidon-marqueur-de-relation sera plus
difficile que prévu.

20 h 51

J'ai demandé à ma mère si elle avait un Valentin et elle
m'a répondu :
– C'est toi, ma Valentine !

T'sais, pile le genre de phrase pour me faire sentir coupable d'avoir voulu fouiller dans son ordinateur…

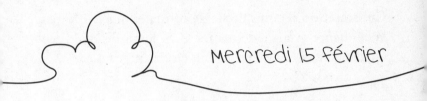

mercredi 15 février

Je ne sais pas ce qui m'arrive. Je suis devenue menteuse, fouineuse de vie privée, etc. Je crois que c'est un ingrédient qui se trouve dans l'eau. Je crois qu'il y a des ingrédients radioactifs dedans et que ça me rend comme les vilains, dans les BD. J'aimerais changer d'eau *avant* de faire quelque chose de mal.

20 h 10

Moi : Mamaaaaan ? Est-ce qu'on pourrait acheter de l'eau en bouteille ?
Ma mère : Pourquoi ?
Moi : Notre eau est dégueu. Je crois qu'il y a des ingrédients radioactifs dedans.

Ma mère : L'eau est très bonne, c'est toi qui regardes trop de films.

Nouvelle résolution : je ne bois plus l'eau du robinet.

Constatation : je suis déçue de constater que je n'ai pas la confiance aveugle de ma mère. Si je lui dis que l'eau est dangereuse, elle devrait me croire, non ?

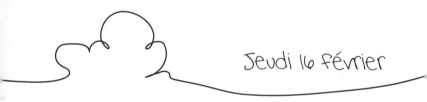

Jeudi 16 février

J'ai soif ! J'ai tellement soif ! Je vais mourir déshydratée.

Midi

Kat : Qu'est-ce que t'as ?
Moi : J'ai soif…
Kat : Bois !

Moi : L'eau n'est pas bonne.

Kat : Depuis quand ?

Moi : Depuis toujours, sauf qu'on ne s'en rend pas compte.

Kat : Bois du jus.

Moi : Je ne boirai rien qui n'est pas fait avec de l'eau filtrée.

Kat : T'es bizarre.

Moi : Je le sais ! C'est à cause des ingrédients radioactifs dans l'eau !

18 heures

Quelle journée !

Je me suis évanouie en plein cours de bio et on m'a amenée à l'infirmerie. Ensuite, l'infirmière m'a massé les pieds, ce que j'ai trouvé très étrange.

Mais elle m'a dit qu'elle croyait que j'avais des crampes menstruelles et c'est ce qui la soulage, elle, quand ça arrive. Ensuite, on m'a renvoyée chez moi. J'ai bu cinq verres d'eau. Et pas des petits verres d'eau, des grands. Si l'eau me rend diabolique, ça a dû m'achever. Ma mère est arrivée quelques minutes après que l'école l'a appelée pour lui annoncer que je m'étais évanouie. Quand elle m'a demandé ce que j'avais, je n'ai pas osé lui dire que c'était parce que j'avais trop soif. (La preuve que je suis maintenant le diable incarné.) J'ai seulement dit que j'avais eu un malaise, mais que j'allais mieux. Elle m'a dit :

– Ce n'est pas parce que tu t'es empêchée de boire de l'eau toute la journée, j'espère ?

J'ai répondu :

– Hein, rapport ? ! ?

Ce qui, je croyais, était un argument solide, mais qui a tout de même laissé ma mère sceptique. Comment elle a fait pour deviner ? Peut-être qu'elle aussi fouille dans mon journal et que lire ses courriels, dans le but de la protéger (et non machiavélique), n'aurait été que le juste retour des choses.

19 heures

Je suis dans mon lit en train de lire des BD pendant que Sybil court après des proies imaginaires dans ma chambre (je crois qu'elle est schizophrène) quand ma mère entre (sans frapper, alors que je lui ai dit cent fois de le faire !).

Ma mère : Penses-tu que ça va aller, cocotte ?

Moi : Tu n'as pas frappé.

Ma mère : Scuse.

Elle sort et frappe.

Moi : Oui, entrez !

Ma mère : Penses-tu que ça va aller ?

Moi : Oui.

Ma mère : Parfait. Je sors.

Moi : Avec qui ?

Ma mère : Un mec que j'ai rencontré sur Internet.

Moi : Je suis très malaaaaaaaade ! Tu ne peux pas sortir !

Ma mère : Tu viens de dire que ça irait.

Moi : C'était pour ne pas que tu t'inquiètes.

Ma mère : Allez, je crois que maintenant que tu as recommencé à boire, tu vas aller mieux.

Et elle me fait un clin d'œil. Ma mère est devenue très irresponsable. Je me suis évanouie à l'école et ça ne la fait même pas rester à mon chevet ! Et si c'était annonciateur d'une maladie grave ?

Moi : Et si c'était annonciateur d'une maladie grave ?

Ma mère : Je pense que tu vas survivre.

Elle se dirige vers la porte.

Moi : Hé, maman ?

Ma mère : Oui ?

Moi : Pourquoi tu dis que tu sors avec des « mecs » ?

Ma mère : Quoi ?

Moi : Tu dis toujours « je rencontre un mec ». Ils ont quel âge, tes prétendants ?

Ma mère : Mon âge.

Moi : C'est juste que je trouve ça bizarre.

Je n'ai pas cru bon de lui rappeler en plus que les strings se portaient *en dessous* des pantalons, parce que jusqu'à maintenant elle semblait être consciente de ce fait.

Ma mère : Je n'avais jamais pensé à ça. Tu sais, la dernière fois que je suis sortie avec des mecs, c'était quand j'avais vingt ans. J'imagine que c'est un réflexe.

Moi : Moi, je peux sortir avec des mecs. Mais toi, tu sors avec des hommes ou des messieurs.

Ma mère : Des hommes… Des messieurs… Oui. C'est vrai.

Moi : À ton âge…

Ma mère : Aurélie !

Elle a éclaté de rire et m'a priée de ne pas la retenir plus longtemps. Puis, avant de sortir, elle m'a dit, sur un ton badin :

– Tu sors avec des *mecs*, toi ?

Et elle est partie sans attendre ma réponse.

21 h 35

Ma mère n'est pas encore rentrée.

21 h 55

Toujours pas rentrée.

22 h 14

Je le savais ! Elle n'a aucun discernement ! Elle est tombée sur un maniaque !

22h 36

Je vais devenir orpheline. On m'enverra vivre chez ma grand-mère Laflamme. Oh non ! Je ne veux pas aller là-bas ! Ça pue la cigarette ! Ou pire : ils vont m'envoyer chez mes grands-parents Charbonneau et je vais devenir, comme eux, une championne de bingo et je partirai tous les étés en Winnebago. Et je déteste ça ! J'y suis allée une fois et j'étais trop grande pour mon lit, la salle de bains petite comme ma main puait le caca et je n'avais aucun endroit où avoir de l'intimité. Ma vie est foutue !

23 h 31

La porte d'entrée s'ouvre. Je cours et je saute dans les bras de ma mère qui s'affale dans le fauteuil le plus près.
Moi : Maman ?
Ma mère : T'avais raison. Maintenant, je ne suis bonne que pour les messieurs.
Moi : J'ai dit ça rien que pour t'empêcher de sortir. Ça ne s'est pas bien passé ?
Ma mère : Non. Je me sens… vieille.
Moi : Mais non ! T'es la plus belle du monde !
Ma mère : Je ne me sens pas vraiment comme ça. Après mon rendez-vous, très ennuyeux, en passant, je suis allée prendre un verre.

Moi : Toute seule ?
Ma mère : Oui.

Note à moi-même : voilà bien la preuve que je suis démoniaque. J'ai rendu ma mère alcoolique !

vendredi 17 février

Aujourd'hui, j'étais fatiguée à l'école parce que je me suis couchée tard hier, à cause de ma mère. Si jamais j'ai de mauvaises notes à l'école, elle ne pourra pas me le reprocher, ce sera sa faute.

Ce matin, elle s'est excusée un million de fois de m'avoir inquiétée. Elle m'a même fait des gaufres ! Un plat qu'elle réserve habituellement aux occasions spéciales, comme Pâques, disons. Puis, alors que je lui apportais son ordinateur, ouvert subtilement à l'adresse du site Internet des Alcooliques anonymes, elle m'a juré qu'elle

n'avait pris qu'un verre, et qu'elle y est allée seule simplement pour faire le point. Pendant que je savourais
mes gaufres (mmmm, succulentes !), je me disais à quel
point j'étais contente de ne pas avoir à passer ma vie
entourée de fumée et/ou dans un Winnebago. Alors,
j'ai dit :

– Maman, je t'aime vraiment !

Ce qui a semblé lui faire plaisir. Et elle m'a dit que,
pendant qu'elle faisait le point, elle avait décidé d'arrêter de « bavarder » sur Internet, ce qui m'a réjouie. Je
pense que c'est mieux comme ça. Puis elle a ajouté :

– Et toi ?

Moi : Moi, quoi ? Je ne chatte pas sur Internet.

Sybil a commencé à miauler à côté de moi. J'en ai
déduit qu'elle voulait mes gaufres.

Ma mère : Non, je veux dire… Je me confie souvent
à toi et il me semble que ça devrait être le contraire.
C'est moi qui devrais t'écouter. Qu'est-ce qui se passe
dans ta vie ? Tu ne me racontes jamais rien.

– Bof… T'sais, avec l'école, je n'ai pas bien, bien le
temps pour autre chose.

– Ah, bon.

J'ai failli tout lui dire.

J'ai envie de tout lui dire.

C'est décidé. Je vais tout dire à ma mère. C'est déjà assez difficile de garder le secret avec Kat. Encore aujourd'hui, j'ai dû lui mentir pour pouvoir passer un peu de temps avec Nicolas. Et j'ai décidé que je n'étais pas un démon sorti tout droit de l'enfer, mais bien une victime des événements. Je ne *veux* pas mentir, j'y suis *forcée*. Mais je suis gênée (pas de mentir, enfin si, un peu, parce que ce n'est pas correct, mais surtout d'annoncer à ma mère que Nicolas est mon petit copain).

18 h 50

Après la vaisselle, je monte dans ma chambre m'exercer à ma déclaration.

19 heures

J'ai écrit ma déclaration sur papier et j'essaie de la mémoriser devant mon miroir :
« Maman, je voudrais te dire quelque chose de gênant.

En fait, c'est que depuis quelques semaines, je sors avec Nicolas. Tu te souviens de lui ? C'est le garçon de l'animalerie grâce à qui nous avons pu avoir Sybil. Il est très gentil. Je sors avec lui depuis quelques semaines, mais c'est un secret. Tu ne peux donc pas le dire à Kat, parce qu'on a fait un pacte de ne sortir avec personne jusqu'à deux semaines avant notre bal. »

19 h 10

Ça fait un peu trop solennel quand je le dis, voire un peu robot, mais toute l'information est là, et la débiter d'un trait à ma mère m'enlèvera ma timidité face à cet événement. Je trouve que je partage déjà une grande partie de mon intimité avec ma mère, qui saura sans doute que j'ai roulé une pelle et tout et tout et je ne sais pas comment elle réagira.

19 h 30

Ma mère regarde la télé.
Moi : Maman... euh... J'ai quelque chose d'important à te dire.
Ma mère : Oui.
Elle éteint la télé et me regarde. Je me sens paniquée.
Moi : Maman, c'est très gênant. En fait, c'est que depuis quelques semaines, je n'ai pas vraiment le droit de mentir parce que c'est un secret, mais... tu te souviens de

Sybil ? Eh bien, tout ça pour dire je sors avec Kat jusqu'à mon bal.

Ma mère : Quoi ? ! ? T'es amoureuse de Kat ?

Moi : Non !!!!!!!!!!!!

Ma mère : Alors, c'est vrai ? Tu es lesbienne ? Tu sais, je suis un peu chavirée, mais je te respecte. Et je vais faire tout ce qui est en mon pouvoir pour que tu sois heureuse, malgré ta... différence. Je t'aime quand même et je t'accepte.

Moi : Oooooh ! Tu m'accepterais si j'étais lesbienne ? T'es la meilleure mère du monde !

Et je serre ma mère dans mes bras, mais je la lâche lorsque je me souviens que je ne suis pas *vraiment* lesbienne.

Moi : En fait, j'avais préparé tout un discours, mais j'ai tout raté. La vérité, c'est que... je sors avec Nicolas.

Ma mère : Aaaaaaah ! Alors, comme ça, ma grande fille est amoureuse ?

Hum... Je n'avais jamais vu ça sous cet angle. Je me disais que j'avais un petit copain. Qu'il est merveilleux. Et que le temps qu'on passe ensemble est vraiment super (cool, tripant, génial), mais je n'avais jamais pensé à ça : JE SUIS AMOUREUSE ! C'est vrai ! C'est très sérieux. Et ça expliquerait pourquoi mon cerveau n'envoie que le non-mot « titilititi » quand je suis en sa présence. Mon esprit bloque le mot « je t'aime » par pure protection de la douleur que ça pourrait engendrer dans mon cœur si Nicolas avait l'idée saugrenue de me faire la même chose que Truch a faite à Kat : me larguer. Wouah ! C'est fort, le cerveau.

21 heures

Je n'arrive pas à me concentrer sur la BD que je lis. (Je me suis probablement trop donnée, intellectuellement parlant, avec mes devoirs *et* ma déclaration quelque peu ratée à ma mère.)

21 h 5

Je me demande quel est le meilleur moyen pour dire à quelqu'un qu'on l'aime... (?????)

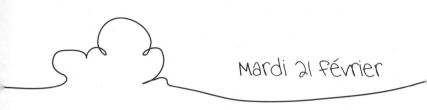

Est-ce qu'il faudrait que je fasse rencontrer quelqu'un à Kat avant d'annoncer à Nicolas que je l'aime ? Ce serait préférable, oui. Ça éviterait beaucoup de confusion.

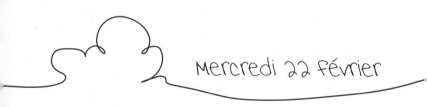

Hier soir, Kat a fabriqué des flyers, car elle veut fonder un club pour que d'autres filles prennent part à notre pacte de ne pas avoir de petit copain. Oh là là ! Sur son flyer, il y a un cheval (bien sûr) et une fille qui attaque un type avec une épée. Avec Photoshop, Kat a remplacé le visage du type attaqué par le visage de Truch. (Je dois avouer que j'aime bien, même si je n'ai aucun dessein violent envers lui.)

Si jamais Kat découvrait que je sors avec Nicolas depuis… Depuis quand, au fait ? Est-ce que je compte depuis la première pelle (23 décembre), depuis la fois où on est allés à la salle de jeux (25 janvier) ou lorsque je lui ai dit que je voulais sortir avec lui, à l'animalerie (12 février) ? Titilititi ! Bref, si elle décidait de me faire un procès, aucune charge ne pourrait être retenue contre moi. Je l'ai consolée, je lui ai souvent donné la priorité sur mes sorties avec Nicolas, je lui ai conseillé de se trouver une nouvelle passion (ce sera un peu grâce à moi si elle devient une cavalière professionnelle) et je suis toujours là quand elle a besoin de moi. Je suis une amie ex-em-pl-ai-re. (À part, bien sûr, ce léger détail que je suis une horrible menteuse.)

vendredi 24 février

C'est aujourd'hui que je mets à exécution mon plan d'arranger la rencontre entre Kat et Raphaël, l'ami de Nicolas. Je ne l'ai jamais rencontré, mais s'il est ami avec Nicolas, c'est qu'il doit être tout aussi extraordinaire que lui : qui se ressemble s'assemble !
J'ai dit à Nicolas d'agir avec moi comme un ami, parce que s'il me montre de l'affection en public, ça pourrait faire de la peine à Kat, vu qu'elle est en plein chagrin d'amour. Il a dit : « OK. »

14 heures

On a donné rendez-vous à Nicolas et à Raphaël à la salle de jeux. Je n'ai pas eu de mal à convaincre Kat. Je lui ai dit que, depuis que Nicolas m'avait permis d'avoir Sybil, on était devenus amis.

14 h 1

Je préfère me voir comme une Drôle de dame, style

espionne internationale qui doit « inventer des his-
toires » pour sauver l'humanité, plutôt que comme une
menteuse.

14 h 15

Raphaël est gentil, mais… spécial. Il a l'air nerveux et,
comme le frère de Nicolas (pire, en fait), il semble triper sur Brice de Nice et avoir adopté sa façon de parler. Mais *vraiment* exagérément.

14 h 20

On joue aux courses d'auto à quatre, et je suis loin der-
rière les autres. Raphaël me regarde et me dit :
– Aurélie, est-ce que t'as ton permis ?
Moi : Non, pas encore.
Lui : Ah, bon. Je croyais que t'en avais un… de l'âge
d'or ! J't'ai cassée !

14 h 25

On se promène dans la salle à la recherche d'un nou-
veau jeu.
Kat : Ce qui manque, dans les salles, ce sont des jeux
avec des chevaux.
Raphaël : T'aimes les chevaux ?
Kat : Oui, j'ado…
Raphaël : Ça se voit, t'as leur haleine ! KC !

Je regarde Nicolas, troublée, et il hausse les épaules, comme pour me dire de ne pas faire attention à lui.

14 h 45

Bon, j'avoue que Raphaël est un petit peu énervant. Il n'est pas du tout comme Nicolas, qui est super. Mais une histoire d'amour avec Kat pourrait le transformer (pas Nicolas, Raphaël) ! Genre grenouille/prince charmant. Ça se peut !

15 heures

Nicolas me propose de faire une partie de basket. J'accepte, me disant que c'est super si je peux laisser Kat toute seule avec Raphaël. Ça leur donnera assez de temps pour être frappés d'un coup de foudre.
Nicolas : Comment tu trouves Raph ?
Je lance un ballon et marque un point ; la machine émet un bruit de victoire, des applaudissements, suivis de « Yeaaaaah ! *Good shot* ! » et d'un bruit de sifflet.
Moi : Il… n'arrête pas de parler… en Brice de Nice.
Nicolas : Ouais… Je sais.
Nicolas rate le panier et on entend un bruit de défaite : « *Too bad* ! »
Moi : Est-ce qu'il fait toujours ça ?
Nicolas : Non, parfois il hue.
Moi : Raphaël hue des gens ?

142

Nicolas : Non, la machine à basket !

Je rate le panier à mon tour, et la machine me hue. Il faudrait que je me concentre un peu plus, mais l'avenir amoureux de mon amie est plus important qu'une victoire au basket électronique !

Moi : Je parlais de Raphaël.

Nicolas : Ah, OK ! Ha ! ha ! ha ! Je crois qu'il est nerveux. Il n'est pas toujours comme ça.

Moi : C'est qu'il dit des choses insultantes.

Nicolas : T'en fais pas. Je suis sûr qu'il ne pense pas ce qu'il dit. Je crois même qu'il se pense *vraiment* drôle.

15 h 13

Kat me prend par le bras avant que j'aie terminé la partie en me disant qu'il faut que je la suive et que ça presse.

15 h 15

Kat m'emmène aux toilettes presque de force pour me dire qu'elle veut s'en aller. Qu'elle n'est plus capable ! Que, s'il le faut, on va se sauver par la porte arrière. Puis elle commence à se laver les mains frénétiquement.

Moi : Ça va ?

Kat : Je ne sais pas trop. Je me sens stressée.

Moi : Relaxe !

Kat : En passant, je pense que Nicolas tripe encore sur toi. Il n'a peut-être pas oublié votre pelle !

Moi : Quoi ?

Kat : Mais oui, la pelle que tu m'as racontée, sous le lampadaire et tout et tout... Avant les fêtes !

Moi : Ah oui ! J'avais... oublié. Tu ne trouves pas que Raph est vraiment cool ?

Kat : Ne me dis pas que tu tripes plus sur Raphaël que sur Nicolas ? Il est con, Raphaël. Il n'arrête pas de parler en Brice de Nice.

Moi : C'est drôle !

Kat : C'est con.

Moi : Je suis certaine qu'il fait ça parce qu'il est intimidé par toi... et ta grande beauté.

Kat : Avec toutes les insultes qu'il m'a lancées, ça me surprendrait.

Moi : Il fait ça pour se donner un style.

Kat : Une chance qu'on voie clair maintenant qu'on ne veut plus sortir avec des garçons. Imagine qu'on se mette à triper sur des garçons qui volent leur personnalité à un film ? Pouah !

Moi : Tu tripes sur les chevaux à cause d'un film...

Kat : Ce n'est pas pareil !

Moi : Mais Nicolas...

Kat : Je suis sûre qu'il se retient de parler comme ça juste parce qu'il tripe sur toi.

Moi : Ah... Tu penses ?

En sortant des toilettes, on voit Nicolas et Raphaël en train de jouer aux courses de motos. Et juste à côté, on voit Truch parler doucement au creux de l'oreille d'une bombe (moins belle que Kat, à mes yeux). Kat me prend délicatement la main, comme si elle avait besoin d'un support. Je la regarde et je vois qu'elle retient ses larmes. Je m'avance vers eux, je regarde Truch droit dans les yeux et je dis :

– Truch, tu n'es qu'un...

Je voudrais dire quelque chose, mais je n'y arrive pas. Je voudrais trouver une repartie assassine pour sauver Kat et son honneur, mais j'en suis incapable.

– Tu n'es qu'un...

Je sais pourtant que lorsque je vais me coucher ce soir, je vais trouver quelque chose. Alors pourquoi pas tout de suite ? Pourquoi il faut toujours que ça arrive cinq heures plus tard ? Des gens me regardent. Mes jambes tremblent. Il faut que je trouve quelque chose.

– Tu n'es qu'un... pédant ! Pis si tu ne sais pas ce que ça veut dire, cherche dans le dictionnaire. T'sais, c'est le livre qui est juste un peu moins gros que ta tête.

Et, en fendant l'air de ma main droite, j'ajoute, en pesant chaque mot :

– Je. T'ai. KC.

Truch me regarde, la bouche ouverte. Kat, encore sonnée, émet un petit ricanement et ajoute :
– Pis tu pues des pieds !
Nicolas se retourne vers nous, étonné. Raph fait :
– Cool !
Toujours en tenant sa main, j'entraîne Kat vers la sortie.
Honnêtement, je ne sais pas comment j'ai fait pour sortir ça, comme ça, à brûle-pourpoint. Hypothèse : j'ai
canalisé toute la culpabilité que je ressens envers Kat
pour pouvoir la sauver.

Samedi 25 février

Hier soir, j'ai passé la soirée avec Kat. En guise de
rituel d'adieu, elle a jeté son nounours « I cœur
you » dans le foyer et l'a regardé brûler jusqu'à la fin
avec de la rage dans les yeux. Julyanne n'arrêtait pas de

dire de ne pas s'en prendre au nounours, qu'elle voulait le garder, mais Kat tenait à le brûler. Elle disait que c'était symbolique. Puis, avant que je reparte chez moi, elle m'a dit : « Merci d'être une si bonne amie. » Ce qui est très dur pour ma santé mentale et qui en rajoute sur la liste de mes problèmes de conscience. Mais il faut que j'oublie ça aujourd'hui. Parce que ça fait un mois que je sors avec Nicolas (j'ai décidé de commencer le calcul du début de notre relation à notre sortie à la salle de jeux) et je veux lui annoncer que je l'aime. Et qu'il ne faut pas que je gâche ce moment par des pensées négatives.

14 h 12

J'ai invité Nicolas au parc. Il m'a dit : « Est-ce que tu veux encore me jeter dans un banc de neige ? » Ha. Ha. Très drôle.

14 h 25

C'est facile, je n'ai qu'à dire : « Nicolas, je t'aime. »

14 h 31

Mmmmm. Ça peut attendre qu'on ait fini de s'embrasser. Nicolas sent le bon assouplissant, même l'hiver au froid. Je me demande si, quand on s'embrasse dehors alors qu'il fait aussi froid, on peut geler comme ça et rester collés en statues de glace jusqu'à la fin des temps.

Alors que j'embrasse Nicolas et que je m'imagine me transformer en statue de glace (très romantique selon ma rêverie), j'entends : « Aurélie !!! » C'est la voix de Kat ! Je ressens une boule au niveau de mon ventre, exactement la même que quand un prof dit mon nom en classe. J'arrête d'embrasser Nicolas (évidemment), je me retourne, et j'aperçois Julyanne, abasourdie, entourée de deux amies.

Julyanne : Aurélie... Le pacte...

Nicolas : Quel pacte ?

Julyanne : Ma sœur, Aurélie et moi ne sommes pas supposées sortir avec des garçons jusqu'à deux semaines avant notre bal !

Nicolas : Ah ouais ?

Moi (à Nicolas) : Je vais t'expliquer.

Julyanne : Je vais le dire à ma sœur !

Moi (à Julyanne) : Julyanne, ne dis rien à Kat, s'il te plaît !

Nicolas : T'as honte de moi ou quoi ?

Moi (à Nicolas) : Non, c'est... compliqué.

Julyanne : Je vais tout dire !

Moi (retenant Julyanne par le bras) : Quand je suis allée porter tes hamsters à l'animalerie, tu m'as juré que tu ferais tout ce que je veux pour le reste de ma vie, tu te souviens ?

Julyanne : Il faut qu'elle sache que tu l'as trahie !

Moi : Je ne l'ai pas trahie, j'attendais juste… le bon moment. (Je lâche son bras.) Elle avait de la peine et… je ne savais pas comment la consoler. Laisse-moi lui dire moi-même, OK ?

Julyanne : Je te laisse deux semaines. Après, je le lui dis.

Moi : OK. Merci.

15 heures

Je suis frigorifiée. Pas seulement parce que je viens de tout expliquer à Nicolas et que je me sens coupable de mes gestes. Mais parce qu'on gèle dehors ! Soudain, la perspective de me transformer en statue de glace me paraît beaucoup moins romantique. Mais bref, je lui ai tout raconté. Je lui ai dit que je ne voulais pas faire pitié avec ça, mais que, depuis la mort de mon père, j'ai du mal à composer avec la tristesse des autres et que j'essaie de traiter ça à ma façon, qui n'est pas toujours la bonne. Dans ce cas-ci, je savais que je faisais quelque chose de pas correct, mais je ne pensais qu'à consoler Kat quand j'ai accepté de faire le pacte. Pendant que je m'expliquais, je passais d'un pied à l'autre, avec la nette impression que ça m'aidait à oublier qu'ils étaient gelés. J'étais transie de froid, de la morve coulait de mon nez et de la buée sortait de ma bouche chaque fois que j'émettais un son. Bizarre que j'aie tout de même été capable d'aligner tous ces mots l'un à la suite de l'autre

149

vu mes difficultés d'élocution en période de stress, augmentées x 1000 lorsque je suis en sa présence. Peut-être que le froid augmente mes capacités cérébrales ? Au début, Nicolas avait l'air sceptique, mais il m'a finalement dit qu'il ne savait pas ce qu'il aurait fait à ma place parce qu'il n'a jamais eu un ami qui avait un chagrin d'amour. Puis il m'a regardée bouger sans élégance (selon mon opinion) d'un pied sur l'autre et il m'a dit :
– Viens, on rentre, t'es gelée.
Mais avant de rentrer, il fallait que je termine en lui disant la vraie raison pour laquelle je l'avais invité ici.
Moi : Non, non (mes dents commencent à claquer), je n'ai pas (claque, claque, claque) froid. J'avais (claque, claque, claque) quelque chose d'important (claque, claque) à te dire (claque, claque). C'est que (claque, claque, claque)…
Lui : Raph t'énerve ?
Moi : Non, ben oui, mais c'est (claque, claque) pas ça. C'est (claque, claque) que (claque, claque, claque) je (claque, claque, claque) t' (claque, claque, claque) ai (claque, claque, claque) me.
Il m'a prise dans ses bras et il a commencé à me frotter vigoureusement le dos, ce qui m'a réchauffée. Et il a dit :
– Moi aussi.

Note à moi-même : titililitiiiiiiiiiiiiiiiiiiiiiiiiii !

Mars

Péter un plomb

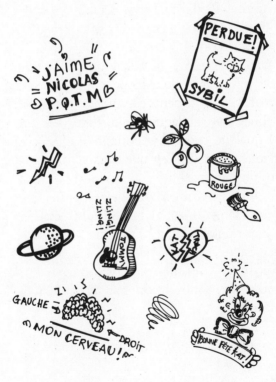

La semaine de vacances sera la bienvenue. Raison : je suis à bout ! Complètement vannée. Et j'ai foiré un travail de géo.

Tout ça parce que Laurent Giroux, le prof, a voulu sortir un peu du programme et nous donner des points boni avec un travail supplémentaire (comme si on n'en avait pas assez comme ça !).

Au début de la semaine, il nous a parlé de la théorie du commencement de l'Univers, plus communément appelé le big bang. Il nous a parlé de $E = mc^2$, qui permet la transformation de la matière en énergie et, indirectement, de l'énergie en matière. (Une chance que le big bang ait permis la création de la Lune, car je peux m'y réfugier pendant les cours chiants !) Bref, Laurent était à fond. Il nous a demandé de raconter avec nos propres mots la théorie du commencement de l'Univers.

Grâce à l'ordinateur de ma mère, j'ai fait plusieurs

recherches et, en faisant des découvertes sur les débuts de l'Univers et les théories scientifiques à ce sujet, j'ai eu un flash. Alors, j'y suis allée de ma propre théorie (farfelue, j'en conviens, mais pas impossible, selon mon opinion de visionnaire).

Voici le travail que je lui ai remis avant-hier :

La théorie du commencement de l'Univers
Par Aurélie Laflamme

La naissance de l'Univers est un événement qui reste difficile à expliquer, même pour les scientifiques possédant les plus gros télescopes.

En 1920, M. Edwin Hubble découvre à l'aide de son télescope que les galaxies s'éloignent de nous. Si on passe le film à l'envers, ça veut dire qu'à un certain moment, toutes les galaxies étaient condensées en un point précis et un jour, tout a explosé, créant les galaxies, les planètes, les étoiles, etc. Tout ce qui existe dans l'Univers sont les morceaux d'une grosse masse de matière qui existait depuis le début des temps.

Mais à quand remonte le début des temps ?

M. Einstein a trouvé $E = mc^2$ qui explique la transformation de l'énergie en matière. L'ère de la matière peut commencer, mais avec elle apparaît aussi l'ère du temps car, pour M. Einstein, l'espace et le temps sont, d'une certaine manière, fabriqués par la matière.

Mais tout ce qui a un commencement doit avoir une cause, non ? D'où sortait cette grosse masse de matière (et, donc, d'énergie) avant qu'elle n'explose ? Les scientifiques ne sont pas capables de remonter jusque-là. Mystère, mystère.

Alors, voici ma propre théorie : un jour, un être supérieur (Dieu, alias *grosse masse de matière) aurait pu éternuer. Lorsqu'on éternue, des petites bulles de morve et de salive gravitent autour de nous. Bref, ces bulles sont remplies de microbes et sont comme un monde en soi. Donc, il se peut très bien qu'en éternuant, on crée chaque fois un univers avec un début et une fin. Ce qui dure une seconde pour nous est peut-être comparable à des milliards d'années pour les microbes dans nos bulles de morve. Alors, il se peut très bien que celui qu'on appelle Dieu soit un genre d'extraterrestre sur une planète immense existant dans l'espace infini et que nous soyons simplement ses microbes résultant d'un éternuement. C'est pour ça qu'on peut dire qu'il nous a créés, car nous venons directement de lui, mais qu'il ne peut interagir sur nos vies parce qu'il ne nous voit même pas.*

En conclusion, le big bang est en fait un « atchoum » et nous sommes tous des microbes.

14 heures

Après avoir reçu mon travail sur lequel il était écrit un gros zéro, je suis allée voir Laurent Giroux dans sa salle, entre deux cours. Il était en train d'effacer le tableau.

Moi (timidement) : Monsieur Giroux, zéro… c'est un peu sévère.

M. Giroux : Aurélie, je suis déçu. Je croyais que tu prendrais ça au sérieux.

Moi : Je prends ça au sérieux. J'ai fait plein de recherches !

M. Giroux : Je vois que tu as fait des recherches, mais ton travail n'a aucun sens.

Moi : Vous aviez dit d'écrire un travail « avec nos mots ».

M. Giroux : En parlant du niveau de langage, pas d'inventer n'importe quoi !

Moi : Comment pouvez-vous être sûr que ce que je dis, c'est n'importe quoi ?

M. Giroux : Voyons, Aurélie !

Moi : Galilée s'est fait enfermer pour avoir affirmé que la Terre était ronde ! Et beaucoup plus tard, les scientifiques, avec de meilleurs appareils, ont découvert qu'il avait raison. Alors, il y a peut-être une mini, mini infime possibilité que ce que j'ai dit soit vrai, et si c'est le cas et qu'on l'apprend de notre vivant, vous allez vous sentir très mal de m'avoir mis zéro !

M. Giroux (après un long silence) : Écoute... Je doute que tu puisses comparer ta théorie à celle des visionnaires. Tu as la note que tu mérites.

Moi : Mais j'ai la même note que les absents qui n'ont pas fait le travail. C'est injuste ! J'ai fait plein de recherches et j'ai seulement fait part d'une hypothèse qui m'est venue en apprenant des choses sur le big bang !

M. Giroux : Tu sembles effectivement avoir fait des recherches. Je vais te mettre 2 sur 5 pour tes efforts.

Moi : 2 ?

En faisant oui avec sa tête, il a frappé deux brosses à tableau ensemble et un nuage de craie est apparu, ce qui m'a fait éternuer.

M. Giroux : Tiens, tu viens de créer tout un monde ! J'aurais voulu dire : « Ha. Ha. Très drôle. » Mais je me suis abstenue et je me suis contentée de me moucher.
M. Giroux : Ce sont seulement des points supplémentaires. Ça ne fera pas baisser ta moyenne. Mais reste dans le programme la prochaine fois.
Moi : Ce n'est pas comme ça qu'on fait avancer l'Univers, monsieur Giroux.

20 heures

Je suis un microbe.

J'ai toujours eu des principes. Des convictions. Les garçons m'énervaient solide. Et, voyant Kat et d'autres personnes tomber amoureuses et devenir complètement déjantées, le cerveau ramolli par l'amour, je m'étais dit que je ne voulais jamais vivre ça. Ou, du moins, que si un jour ça m'arrivait par erreur, ou par hasard, je resterais moi-même. Que mon cerveau allait rester intact. Que j'allais pouvoir demeurer raisonnable, garder le contrôle de la situation et qu'aucune émotion ne s'emparerait de mes neurones intacts. Et là, Nicolas est arrivé et pouf ! Tout a changé. Je suis devenue une totale autre personne, totalement aliénée.

Enfin ! La semaine est terminée ! La semaine prochaine : pas d'école. Yahouuuuuuuuuu !!!!!!!!!

10 heures

Pendant que je regarde des dessins animés.

Ma mère : Aurélie, j'ai décidé de prendre quelques jours de congé pendant ta semaine de vacances. J'ai pensé que ce serait le moment idéal pour repeindre, comme tu me l'avais proposé en janvier. J'ai besoin de faire entrer de nouvelles énergies dans la maison. Et demain, toute la famille se réunit chez mes parents et on pourrait aussi aller voir grand-maman Laflamme…

Moi : Wo ! La semaine de vacances, c'est pour se mettre à jour dans nos travaux scolaires.

Ma mère : Je ne t'ai jamais vue faire de travaux scolaires pendant ta semaine de vacances.

Moi (dans ma tête seulement : mui mui mui mui mui

mui, en vrai) : Tu n'es pas vingt-quatre heures sur vingt-quatre avec moi, non plus !

10 h 34

Impossible de négocier avec ma mère ! Elle trouve que la famille, c'est important, pense que repeindre nous fera du bien et constituera un projet commun et bla-bla-bla. Demain, tous mes oncles et tantes seront chez mes grands-parents Charbonneau et je suis obligée d'y aller, sans quoi je serai privée de je-ne-sais-pas-trop-quoi parce que je ne l'écoutais plus.

Midi

Je suis à la quincaillerie avec ma mère pour choisir les couleurs qu'on mettra dans la maison. En marchant dans les allées éclairées au néon, je vois mon programme de la semaine s'envoler en fumée : glissades, révéler mon grand secret à Kat après avoir prouvé que je suis la meilleure amie du monde, voir (embrasser) Nicolas, regarder plein de films, jouer à des jeux vidéo… Bref, j'en suis réduite à passer ma semaine de vacances à faire l'esclave. Très réjouissant.

15 heures

Ma mère ne veut pas que je peigne toute ma chambre en rouge cerise, comme j'en avais eu l'idée. Elle dit que c'est trop intense. Et le salon orange brûlé, comme elle le souhaite, ce n'est pas intense, ça ? On a réussi à s'entendre sur le fait que je ferais un mur de ma chambre en rouge cerise et les trois autres en rose pâle. Puis, ma mère va m'acheter un couvre-lit avec un rappel au rouge cerise. Je ne veux pas le dire trop fort, mais je crois que c'est finalement une meilleure idée.

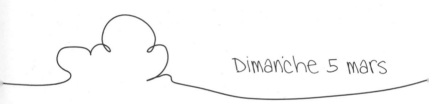

Dimanche 5 mars

J'aimerais être une vedette internationale. Toute ma vie serait étalée dans les journaux et magazines et, comme ça, je n'aurais jamais besoin de répondre à toutes les questions du genre : « Qu'est-ce que tu fais ces temps-ci ? », « As-tu un p'tit copain ? » et la non moins énervante « Comment ça va dans tes études ? ». Si les gens voulaient vraiment savoir tout de moi, ils n'auraient qu'à consulter la presse à potins. Évidemment, tout ce que j'aurais à faire, c'est de démentir certaines rumeurs, mais le gros du travail serait fait.

Je dis ça parce que je suis chez mes grands-parents et toute la famille me pose continuellement toutes sortes de questions auxquelles je dois répondre par politesse alors que je n'aurais qu'une envie : jouer à la Nintendo (ou être avec Nicolas). Mais pas question que je dévoile tout de ma vie ! J'ai mes secrets. Bon, mon idée de vedettariat international est peut-être en contradiction avec ma volonté de vouloir garder mes secrets pour moi. Hum...

Note à moi-même : tenter d'être plus conséquente dans mes buts et/ou rêves.

Premier jour de ma semaine de vacances ! Ma mère travaille aujourd'hui et ne veut pas que je commence à peindre sans elle (hourra, congé !!!). Parfait ! Je me suis dit que c'était la journée i-dé-ale pour tout avouer à Kat.

Dire la vérité à Kat est une très bonne chose car 1) ça me soulagera d'un grand poids, 2) je ne suis pas faite pour mener une vie de mensonges et de fourberies, et 3) je vais pouvoir commencer à dessiner des cœurs dans mon agenda. Je me retenais pour ne pas être démasquée.

13 h 31

Kat est complètement démolie. Elle est triste et pleure sans arrêt.

Kat (à travers une pluie de sanglots) : Quand est-ce, est-est-ce… qu'il va disparaître, aî-aître… de mon esprit, i-i… Truch, u-u-ch ?

Moi : Il va disparaître quand tu vas le décider. T'as qu'à souffler dessus et son image va faire pouf !
Kat : Il a, a-a... une nouvelle, e-elle... copine, i-ine !
Moi : Qui ça ?
Kat : La fille, i-iille... de la salle, a-alle...
Moi : Ce n'est peut-être pas sa copine.
Kat : Il la draguait, ait-ait... C'est pire, i-ire.

17 heures

Kat est complètement déconfite. Elle a le visage bouffi. Et ne veut plus rien manger. J'ai mal au ventre rien qu'à la regarder tellement ça me fait de la peine de la voir dans cet état. Elle a déliré sur le fait que Truch était l'homme de sa vie. Et que sa vie n'avait aucun sens sans lui. Quand elle m'a dit ça, je lui ai dit de m'attendre et je suis allée chercher mon travail sur ma théorie (farfelue) de l'Univers. Je lui ai dit de le lire. Elle l'a lu et m'a ensuite regardée en disant :
– T'as remis ça à Giroux ?
Moi : Oui.
Et elle a éclaté de rire pendant au moins dix minutes. En fait, elle passait d'une minute à l'autre du rire aux larmes. Alors, j'ai dit :
– Imagine qu'on soit tous des microbes... Tu ne trouves pas que Truch est un microbe qui ne vaut pas la peine qu'on s'y attarde ? Se croire bien quand on

163

n'est, dans le fond, qu'un microbe, ça n'a vraiment pas rapport.

Kat a acquiescé et je suis retournée à la maison.

20 heures

Tout compte fait, dire la vérité à Kat est une bonne *chose*, mais aujourd'hui n'était pas la bonne *journée*. Ça l'aurait démolie. Selon le deal avec Julyanne, je n'ai que jusqu'à la fin de la semaine. Elle n'a pas manqué de me le rappeler avant que je quitte leur maison en me faisant des gros yeux. Oh là là !

Mardi 7 mars

Nicolas est venu m'aider à peindre ma chambre (top gentil). Ensuite, ma mère l'a invité à dîner avec nous. Ce que j'aurais préféré ne jamais arriver ! Elle a commandé une pizza (ça, c'est cool). Et, après toutes les recherches d'amis communs du genre : « Est-ce que ta mère a une cousine qui a un voisin qui habite à côté d'un collègue qui est le frère d'une amie à moi par hasard ? » (pourquoi ma mère fait ça ? je ne sais pas), elle a sorti mon album de photos de bébé et elle a révélé plein de choses sur *moi* que j'aurais préféré qu'il ne sache *pas*.

Anecdotes que ma mère a racontées :

• À cinq ans, je n'avais pas le droit de marcher seule dans la rue. Un jour, je me suis rebellée et je l'ai fait quand même. Quatre maisons plus loin, j'ai éclaté en sanglots, complètement perdue. Une voisine m'a ramenée en pleurs.

Nicolas a dit :

— Tu t'es perdue quatre maisons plus loin ?

Moi (en regardant ma mère avec des flèches dans les yeux) : Ben quoi ? J'avais cinq ans et un très mauvais sens de l'orientation, qui est héréditaire, soit dit en passant !

• À sept ans, j'étais gênée de faire pipi dans les toilettes publiques et un jour, je suis revenue à la maison et j'ai fait pipi dans ma culotte… avant d'atteindre les toilettes.

Ma mère se tordait de rire et Nicolas, à la blague (drôle pour lui, très peu pour moi), m'a suggéré de l'avertir si j'avais encore des problèmes avec les toilettes publiques. J'ai répondu :
– C'est bon, j'ai réglé ce problème-là à sept ans, merci.

• Il y a quelques années, j'étais une fan finie des 'N SYNC, il n'y avait pas un bout de mur de ma chambre où il n'y avait pas d'affiches, et je portais des chandails, et même des lacets des 'N SYNC. Elle lui a raconté que j'avais pleuré le soir de leur spectacle parce que je n'avais pas de billet et que Justin Timberlake ne pourrait pas me voir, alors que c'était ma chance qu'il me remarque et qu'il me demande de l'épouser.
Nicolas a dit :
– Tu tripais à ce point-là sur Justin Timberlake ?
Moi : J'étais jeune ! (Me retournant vers ma mère.) Bon, merci maman pour ces belles anecdotes très instructives à mon sujet. Je suis certaine que c'était effectivement d'intérêt public. Maintenant, on devrait se remettre au travail.

18 h 32

Plus tard, dans ma chambre, en train de passer une deuxième couche de rose, Nicolas m'a dit de ne pas m'en faire avec les anecdotes de ma mère, que si j'allais chez lui, ses parents s'en donneraient aussi sûrement à cœur joie. Alors, je lui ai demandé de me révéler des choses troublantes à son sujet pour qu'on soit quittes.

Voici ce que j'ai appris :

• Au primaire, il a été obligé de porter un appareil dentaire qui s'attache sur la tête pendant six mois !

• Quand sa mère l'emmenait dans un centre commercial, il piquait des crises.

• En CE1, il était le seul garçon de l'école à s'être inscrit au cours de ballet.

Je trouvais cette dernière anecdote assez cool et je lui ai demandé de me faire quelques pas de danse et il a catégoriquement refusé. Il a dit :

— Faire des pas de ballet dans une chambre rose… c'est un peu *too much*.

Et on a ri. Et je l'aime. P.Q.T.M. (Plus que tout au monde !) Ben… c'est juste une façon de parler. Parce que j'aime ma mère plus que tout. Et Sybil. Et Kat. Et mon père… Peut-on dire que mon père fait encore partie du « monde » ?

Nicolas travaille à l'animalerie de son oncle aujourd'hui et je peins seule avec ma mère. Pendant une pause, je lis le nouveau *Miss Magazine*, que je viens tout juste de recevoir. Un article intitulé « Comment aider une amie en plein chagrin d'amour » attire particulièrement mon attention.

PSYCHO :
COMMENT AIDER UNE AMIE
EN PLEIN CHAGRIN D'AMOUR ?

Tu as une amie en plein chagrin d'amour et tu voudrais pouvoir l'aider à traverser cette épreuve ? Voici quelques trucs qui pourront te guider.

SOIS PATIENTE !
Il existe cinq étapes, qui correspondent à ce qu'on vit comme émotions lors d'un deuil et qui ne sont pas nécessairement vécues dans l'ordre : le déni, la colère, la culpabilité, la tristesse et, finalement, l'acceptation. Attention : ne rappelle pas à ton amie dans quelle étape de son deuil elle se trouve. Ça peut être très énervant de s'entendre dire : « Tu es maintenant dans la

colère... » Aide-la simplement à passer à travers du mieux que tu le peux.
Ton amie devra passer par toute cette gamme d'émotions avant de se sentir mieux. Entre-temps, tu ne dois pas faire pression sur elle pour qu'elle passe plus vite d'une étape à l'autre. Seul le temps pourra aider ton amie à panser ses blessures.

SOIS GÉNÉREUSE !
Essaie de l'inviter à faire des activités qu'elle aime. Loue des films qu'elle a envie de voir ou propose-lui de faire du sport. Tu peux même lui suggérer de se trouver une passion ou un hobby, comme faire de la peinture, du dessin, de la musique, etc. Si elle s'amuse, elle aura moins de temps pour penser à son ex.

SOIS COMPRÉHENSIVE !
Tu as des petits problèmes ? Ce n'est peut-être pas le bon moment pour lui en parler, elle ne sera pas réceptive. Le temps viendra où tu pourras tout lui confier comme avant, mais un chagrin d'amour, ça fait très mal et ton amie est dans une période où elle a de la difficulté à accorder de l'attention aux autres. Il se peut en revanche qu'elle te demande de te confier, pour se changer les idées. Dans ce cas, fais ce qu'elle te dit sans rien attendre d'elle. Il se peut qu'elle soit un peu moins douée pour te donner des conseils, sois-en consciente.

SOIS RIGOLOTE !
Profites-en pour la distraire. Raconte-lui des blagues, imite tes profs, révèle-lui des potins croustillants... Bref, trouve quelque chose qui pourrait l'intéresser et la faire rire. Ça lui changera les idées. Après tout, le rire, c'est la santé !

SOIS À L'ÉCOUTE !
Il est possible que certains jours, elle ait envie et besoin de parler tandis que

d'autres, elle préfère éviter le sujet. Ne la force pas. Tu verras, au début, ses émotions seront très vives, mais peu à peu elles s'estomperont. Fais-lui savoir que tu es là pour elle lorsqu'elle ressent le besoin de se confier.

SOIS MODÉRÉE !
Même si tu détestes son ex, ne parle pas trop dans son dos. Il se pourrait un jour que, malgré le fait qu'ils aient cassé, ils se remettent ensemble. Elle pourrait t'en vouloir d'avoir dit du mal de lui. Laisse-la exprimer sa colère contre lui sans donner ton opinion. Écoute-la sans la juger et dis-lui que tu comprends son chagrin.

SOIS LOGIQUE !
Essaie de limiter les dégâts ! Fais attention à ses sentiments, ne lui dis rien qui pourrait lui faire de la peine. Ce n'est pas le bon moment pour lui apprendre une mauvaise nouvelle. Attends qu'elle se sente mieux avant de lui faire de grandes déclarations.

FAIS ATTENTION À TOI !
Après avoir suivi tous ces conseils, il se peut que tu te sentes vidée. Il est nécessaire que tu ne consacres pas tout ton temps libre à ton amie en plein chagrin d'amour. Ressource-toi en faisant des activités seule ou avec d'autres amis. En te changeant les idées, tu pourras te montrer encore plus réceptive à sa peine.

Ah ! Voilà bien la preuve que je fais la bonne chose en ne lui disant rien ! Selon cet article, je suis une ex-cel-len-te amie en tous points ! (Pourquoi alors je n'arrive pas à le faire comprendre à ma conscience ?)

Il faudrait que je montre cet article à Julyanne…

15 h 17

J'appelle Kat.

Kat : Oui, allô ?

Moi : Kat, ça va ? Veux-tu faire quelque chose aujourd'hui ?

Kat : Je ne peux pas. Je décore ma chambre avec des affiches de chevaux.

Moi (reprenant un conseil de *Miss*) : En tout cas, je suis *là*, si tu as besoin de *moi*.

Kat : OK, merci.

Moi : Euh… Est-ce que Julyanne est là ?

Kat : Elle est sortie.

Moi : Ah. Où ?

Kat : J'sais pas, moi !

Moi : Bon, je voulais seulement faire la conversation, c'est tout !

Kat : 'Scuse. Je suis un peu à cran ces temps-ci. J'essaie de ne plus pleurer tout le temps, mais c'est difficile.

Moi : Je comprends.

Kat : Ma sœur est au parc, je pense.

16 h 37

J'ai fait le tour du parc. Ce qui m'a fait du bien, je dois l'avouer, parce que je crois que tous les effluves de peinture me montent au cerveau. J'ai finalement réussi à trouver Julyanne et à la convaincre de me donner une semaine de plus, en appuyant mes arguments sur l'article de *Miss*. Je lui ai dit que je ne pouvais rien dire à Kat pendant qu'elle était dans cet état. Julyanne a fait : « Ouais, OK. » Ce qui m'a soulagée.

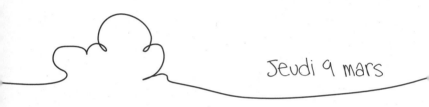

Jeudi 9 mars

Ma chambre est un bordel ! Et ça pue la peinture ! Et mes meubles ne vont plus du tout avec la couleur ni avec le nouveau couvre-lit que ma mère vient de m'apporter.
Ma mère m'a promis qu'on m'achèterait de nouveaux meubles, mais pas tout de suite. Ce qui me convient. J'avoue que même si mes meubles ne vont plus avec la couleur de ma chambre, j'aimerais peut-être mieux les conserver.

Mes parents s'étaient mis en tête de changer mon mobilier de chambre à coucher (que je trouvais bien). Nous sommes allés tous les trois (mon père, ma mère et moi) dans une boutique de meubles. Mes parents ont vu un mobilier qui leur a plu, en mélamine grise et rose. Très laid. Ils ont commencé à négocier avec le vendeur. Je tirais le pantalon de mon père en disant : « Je n'aime pas. » Mais mes parents, trop pris par leur négociation, ne m'ont jamais entendue. Ils ont finalement obtenu le mobilier à bon prix et tel a été mon cadeau d'anniversaire, cet été-là. Le pire, c'est que le mobilier a toujours été trop massif pour ma chambre. Il faut mettre deux meubles l'un par-dessus l'autre pour que ça entre et c'est très envahissant !

Retour au jeudi 9 mars

Ça me ferait tout de même de la peine de mettre mon mobilier aux poubelles. Mon père a aidé à le choisir…

Vendredi 10 mars

Drame ! Pas un faux drame pour lequel on dirait « drame », genre quelqu'un aurait perdu une boucle d'oreille ou marché sur une fourmi. Vrai drame épouvantable ! J'ai perdu Sybil ! Ça puait trop la peinture et ma mère et moi commencions à nous sentir

174

étourdies. Ma mère, sentant venir un petit malaise, a ouvert la porte et Sybil s'est sauvée. Mais trouver une chatte blanche dans la neige est quasi impossible !

13 h 44

Oh non ! Sybiiiiiiiil ! Je l'imagine enfouie sous la neige. Congelée. Je l'imagine essayer de revenir à la maison, et avoir toutes sortes d'obstacles comme l'écureuil qui essaie d'attraper sa noisette dans *L'Âge de glace*. Pourquoi elle s'est sauvée ? Pourquoi ???????????????????

14 h 37

J'ai cherché partout. J'ai frappé chez tous mes voisins pour leur demander s'ils avaient vu Sybil. Rien. Personne n'a vu de petite chatte blanche avec une tache grise sur le front.

15 h 12

Je suis au désespoir. Je rentre chez moi et après avoir refermé la porte d'entrée, je m'écroule par terre, en pleurs. Sybil, ma Sybil… Je lui avais juré de la protéger contre tout. Je n'ai pas tenu ma promesse. Je suis. La. Pire. Personne. De l'univers.

15 h 13

Ma mère m'a promis qu'on la retrouverait. Elle a déjà

appelé plein d'organismes pour les aviser que, si jamais on leur amenait un minou correspondant à la description de Sybil, ils devaient nous rappeler.

15h14

Alors que je suis assise contre la porte et que je fonds en larmes, on sonne. Je me lève difficilement (parce que j'ai les jambes engourdies) et un garçon de mon âge, les cheveux noirs qui descendent jusque sous ses oreilles, portant une guitare en bandoulière, me regarde avec ses yeux bleus et me demande :
– C'est ton chat ?
Il me montre Sybil qu'il tient dans une main.
Moi : Sybiiiiiiiiiiiiiiiiiiiiiiiil !
Je pleure de joie, et je donne plein de bisous à Sybil sans me soucier de la présence du garçon.
Ma mère : Oh, merci !
Elle embrasse Sybil elle aussi.
Ma mère : Petite coquine ! Ne nous fais plus des peurs comme ça !
Sybil essaie de se dégager de nos étreintes sans doute très étouffantes pour elle, comme si rien ne s'était passé et que c'était tout à fait normal, pour une chatte de sa trempe, de vouloir aller faire des galipettes dehors.
Le garçon aux cheveux noirs : Est-ce que j'ai une récompense ?

Ma mère (sortant son portefeuille de sa sacoche) :
Euh… oui. Bien sûr.

Le garçon : Ben non ! C't'une blague !

Ma mère : Ça nous ferait plaisir.

Le garçon : C'est vraiment une blague. Je ne veux pas
de récompense.

Ma mère : Bon, je vous laisse, je retourne peindre.

Ma mère retourne dans sa chambre qu'elle peint – Dieu
seul sait pourquoi – jaune serin.

Le garçon : Je m'appelle Tommy.

Moi : Moi, c'est Aurélie.

Tommy : J'habite juste à côté. J'ai trouvé ton chat, je
l'ai ramené chez moi et mon frère m'a dit que tu le
cherchais.

J'ai déposé Sybil par terre.

Moi : Hein ? Je ne t'avais jamais vu !

Tommy : Je viens juste d'emménager.

Moi : T'as déménagé en plein milieu de l'année ?

Tommy : Un peu après les fêtes.

15h23

Sur le pas de la porte, Tommy m'a raconté que depuis
le divorce de ses parents, il vivait avec sa mère. Il
ne voyait presque jamais son père parce que sa mère
habite à cinq heures de voiture. Il le voyait à Noël
et, parfois, à son anniversaire. La plupart du temps,

ils communiquaient par courriel ou par téléphone. Ce qui explique pourquoi je ne l'avais jamais croisé avant. Mais, depuis un an, il a exprimé à sa mère son désir d'habiter avec son père. Il voulait le voir plus souvent et apprendre à connaître son demi-frère et sa demi-sœur. Sa mère en a été bouleversée. Après un an de négociation, elle a laissé Tommy partir. Il dit qu'elle lui manque, mais qu'il est content d'habiter ici.

15 h 24

Tommy : Tu ne vas pas à l'école Louis-de-Bellefeuille ?
Moi : Non, je vais dans une école privée… de filles.
Tommy : Ah. Ben, on ne se verra pas là, alors.
Moi : Non, hi ! hi ! Ben, merci pour mon chat.
Tommy : De rien.
Sybil prend son élan pour se sauver de nouveau par la porte ouverte et je me retourne pour la prendre dans mes bras.
Tommy tourne les talons pour partir et, avant que je ferme la porte, il me lance :
– T'es pas mal callipyge.
Rapport de m'insulter ? Qu'est-ce que je lui ai fait ?
Moi : Pfff ! Toi-même !
Tommy : Merci.
Hein ? ! ?
Je monte dans ma chambre et je prends mon

178

dictionnaire. Je tourne les pages frénétiquement et je trouve la définition : « Qui a de belles fesses. »

Je rougis.

Mais, oups. Je lui ai dit « toi-même » ! Ça veut dire qu'il croit que je pense qu'il a des belles fesses ! Je ne les ai jamais vues ! Et, en passant, même si je les avais trouvées belles, je n'aurais jamais dit ça. Il n'est vraiment pas gêné, lui !

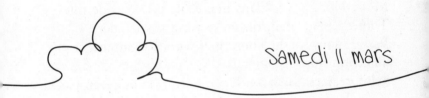

Samedi 11 mars

En revenant de l'épicerie, où m'a mère m'a envoyée chercher du lait alors qu'il fait vraiment froid (est-ce un cas pour le Directeur de la protection de la jeunesse ?), j'ai croisé Tommy. Il m'a invitée chez lui. J'y suis allée après avoir rapporté le lait à ma mère, mais j'ai pris soin de tirer mon manteau sur mes fesses pour qu'il ne les voie pas. Et j'ai souhaité de tout mon cœur qu'on ne reparle jamais de ça. D'ailleurs, peut-être même qu'il a oublié.

Tommy : As-tu cherché « callipyge » dans le dictionnaire, finalement ?

Merde !

Moi : En passant, j'ai un petit copain.

Ce qui devrait stopper toute ambiguïté. Je lui ai dit que je le considérais comme un *voisin*. Et que je refusais toute allusion à ce mot ou à ce qu'il signifie. Il a juste ri.

14 heures

Dans le sous-sol de Tommy, il y a deux guitares et une collection impressionnante de vieux disques vinyles. Sa chambre y est aussi située.

Moi : Pourquoi t'as tous ces disques ?

Tommy : Sont à mon père. Il tripe musique. C'est pour ça que j'ai voulu revenir vivre avec lui. On partage cette passion. Et j'avais envie de connaître Noah et Charlotte, mon demi-frère et ma demi-sœur.

14 h 25

Tommy a pris sa guitare et il a commencé à l'accorder.

Pendant que Tommy joue des chansons que je ne reconnais pas, je fouille dans ses disques.

Moi : Tommy… c'est un surnom pour quel nom ?

Tommy : C'est mon vrai nom, au complet.

Il pose sa guitare, fouille dans sa poche arrière, sort son portefeuille et me montre sa carte d'étudiant pour prouver son identité.

Moi : Aaaaaaaah ! T'es méga drôle sur la photo !

Tommy : Je venais de me faire couper les cheveux ! Montre la tienne.

Moi : Jamais ! Je suis affreuse ! J'ai toujours pensé que le Photomaton devient défectueux quand j'y entre.

Tommy : C'est clair !

Je regarde attentivement sa carte.

Moi : Tommy… Durocher.

Tommy : Mes parents tripaient sur un opéra rock qu'ils ont vu à New York. Ça s'appelait *Tommy*. C'est pour ça qu'ils m'ont appelé comme ça. Toi, pourquoi tu t'appelles Aurélie ? C'était le nom de ta grand-mère ?

Moi : Ha. Ha. Non… La veille de l'échographie de ma mère, mon père a rêvé que l'infirmière avait les cheveux noirs très foncés et qu'elle leur apprenait que leur bébé était une fille et, toujours dans son rêve, l'infirmière leur demandait comment ils allaient m'appeler et mon père a répondu : « Aurélie. » Quand ils sont arrivés à la vraie échographie, l'infirmière avait les cheveux noirs très foncés, et quand ils ont appris que j'étais une fille, mon père a raconté son rêve à ma mère et ils ont décidé de m'appeler comme ça.

Après avoir raconté cette anecdote, j'ai commencé à avoir une boule dans la gorge parce que je pensais à mon père. Quand je pense à lui, j'ai l'impression que le sol aspire mes pieds et je ressens un vertige. J'ai essayé de contrôler ma respiration pour me calmer et ne pas pleurer devant Tommy (un pur inconnu, après tout).

Tommy : Ça va ?

Moi : Oui, c'est juste que je pense que j'ai des allergies.

Tommy : À quoi ?

Moi : À la... poussière. Tu ne fais pas le ménage souvent, ici.

Beurk ! On dirait ma mère !

14 h 35

Tommy a couru vers mon sac, il a trouvé mon portefeuille et a sorti ma carte d'étudiante.

Tommy : Aurélie... Laflamme... Tu n'es pas affreuse du tout sur ta photo, tu délires ! Scuse-moi d'avoir dit que c'était un nom de grand-mère.

Moi : Pas de problème. Scuse-moi d'avoir dit que ton nom était un surnom.

Tommy : Ça te dérange si je t'appelle Laf ?
Moi : Oui.

Note à moi-même : ça me dérange, mais j'avoue quand même que ça me fait rire.

14 h 36

Rire m'a fait du bien. Tout en tentant de respirer de mieux en mieux, je lui ai simplement dit pour mon père et, sans rien dire, il a commencé à jouer les premiers accords de *Sometimes You Can't Make It On Your Own* de U2 en m'apprenant qu'en spectacle, Bono dédiait souvent cette chanson à son père décédé.

14 h 37

Soudain, Bono m'a fait penser au perroquet de l'oncle de Nicolas. Le perroquet de l'oncle de Nicolas m'a fait penser à Nicolas. Et le fait de penser à Nicolas m'a rappelé que j'avais rendez-vous avec lui. Alors je suis sortie en trombe de chez Tommy en lui disant qu'il fallait absolument que je parte et je suis arrivée en retard chez Nicolas.

14 h 59 **(quatorze minutes après l'heure de notre rendez-vous : courir dans la neige n'est pas évident)**
J'ai expliqué à Nicolas que j'étais chez mon nouveau

voisin, Tommy, et que je n'avais pas vu le temps passer. Au début, je voyais le doute dans ses yeux, mais il a finalement dit :

– L'important, c'est que tu sois là maintenant.

20 heures

Nicolas et moi, on a regardé (à peine) un film (lequel ?) collés (surtout) jusqu'à ce que son frère (qui m'énerve) revienne. Puis, je suis rentrée chez moi dans ma chambre qui pue (de moins en moins) la peinture et j'ai lu (sans aucune concentration) des BD (c'était peut-être autre chose, mais je ne m'en suis pas rendu compte) jusqu'à ce que je m'endorme (en pensant à Nicolas).

J'ai une idée de génie ! Tommy est un garçon assez cool, je vais le présenter à Kat ! Ils sont parfaits l'un pour l'autre !

Midi

Ma mère m'a dit qu'elle aimait beaucoup les nouvelles couleurs de notre maison. Elle m'a aussi dit qu'elle sentait que ça allait apporter de nouvelles énergies positives. Je lui ai répondu :
– Bof, c'est juste des nouvelles couleurs.
Et elle a dit :
– Rabat-joie !
Et elle m'a chatouillée comme si j'avais six ans ! Franchement !
HIHIHIHHIHIHIHIHIHIHIHIHIHIHI HIHIHI-HIHIHIHIHIHI ! Ça chatouille trop !!!

La semaine de vacances a été très bénéfique. Je ne sais pas si ce sont les effluves de peinture qui ont donné du peps à mon cerveau, mais je me sens ravigotée. Toute prête à apprendre plein de nouvelles choses !

10 h 30

Finalement, l'effet de la peinture semble avoir été de courte durée. Il a suffi du cours de maths pour remettre mon cerveau dans le formol. Même avec la plus grande prédisposition et pleine d'enthousiasme, après dix minutes d'écoute active, je sens que mon cerveau se met en ébullition, mais pas dans le bons sens, dans le sens que je sens des bulles très épaisses faire « bloup », un peu comme dans un marécage.

18 h 32

Après le dîner.
Moi : M'man, je crois que j'ai un méga problème.

Ma mère : Ah oui, lequel ?

Moi : Je suis nulle à l'école.

Ma mère : Tu n'es pas nulle, tu n'arrêtes pas d'améliorer tes notes.

Moi : Mais je te jure, ça va mal. Je sens que je suis au maximum de mes capacités cérébrales et, malheureusement, elles ne sont pas élevées.

Ma mère : Je pense que tu manques d'intérêt pour tes cours parce que tu es… amoureuse ! En parlant d'amour, j'ai quelque chose à te dire. (Elle a commencé à parler avec empressement.) Imagine donc que mon boss, François Blais… Tu te souviens ? Je t'avais déjà parlé de lui. En tout cas, eh bien, une fois, il a vu mon profil sur le site de rencontres et il m'a envoyé un courriel en disant : « Est-ce que je suis ton genre ? » Mais c'était pour rire. Et on a ri. On faisait des blagues au bureau avec ça et… on riait.

Moi : Je t'ai dit que j'avais des difficultés à l'école, mais ça ne veut pas dire que je suis débile, quand même ! Vous avez beaucoup ri, j'ai compris.

Ma mère : En tout cas, bon. Tout ça pour dire que… On sort ensemble.

Moi : Quoi ? ! ? !

Ma mère : Je ne t'en ai pas parlé avant parce qu'il n'y avait rien d'officiel. Mais on s'est beaucoup rapprochés. On va souvent déjeuner ensemble, on a eu quelques sorties et... voilà. On a toutes les deux un petit ami, c'est chouette, hein ?

Moi : Chouette ?

Ma mère : Ah, 'scuse, je voulais dire cool, bien sûr. Et je l'ai invité à dîner vendredi. Tu peux inviter Nicolas, si tu veux.

19h1

Je suis encore dans la même position que lorsque ma mère m'a annoncé qu'elle avait un petit ami. Maintenant, je suis certaine qu'il y a un dysfonctionnement dans mon cerveau, car il n'arrive plus à donner les consignes à mes membres pour bouger.

L'histoire d'amour de ma mère (selon ma perception) : donc... vers la mi-février, ma mère a pris la décision d'arrêter de chatter. Elle était heureuse et bien dans sa peau et François Blais (Blèh-Blèh-Blèh) en a profité pour lui mettre le grappin dessus (vu qu'elle est sans doute la plus sexy du bureau).

Conclusion : François Blais, c'est Satan. Et elle pourrait le poursuivre pour harcèlement.

Ma mère a un petit ami. Ma mère a un petit ami ? Ma mère a un petit ami ! Ma mère a un petit ami… Je me demande si je devrais cacher les strings que j'avais trouvés. Ma mère a un petit ami, et elle porte des strings DEVANT LUI ! Oh ! Mon Dieu ! Que de traumatismes !

Midi

Kat commence à aller mieux. Elle dit que sa passion des chevaux la remplit de joie comme rien ne l'a remplie de joie auparavant. D'ailleurs, quand je lui ai dit pour ma mère, elle m'a dit que je devrais essayer de mettre des affiches de chevaux dans ma chambre moi aussi. Sauf que je ne sais pas si je partage sa passion. Les chevaux, ça me fait un peu peur. Je préfère Sybil. Kat rêêêêêve d'avoir un cheval. Elle dit que, si elle en avait un, ce serait une jument et qu'elle l'appellerait Betty Boop. Moi : C'est ton anniversaire bientôt, non ?

Kat : C'est ce que j'ai demandé ! Ça coûte cher, mais quand je leur ai dit que j'en voulais un, j'ai vu mes parents sourire, alors j'ai comme eu l'espoir qu'ils m'en avaient peut-être acheté un vu que je vais avoir quinze ans et que c'est un anniversaire important.

Moi : C'est un anniversaire important, quinze ? Je croyais que c'était seize et dix-huit.

Kat : Non, c'est quinze et dix-huit.

Moi : Ou dix et dix-huit.

Kat : Peu importe ! Je veux un cheval !

Mercredi 15 mars

Pendant le cours de maths, Kat m'écrit un mot pour m'inviter à son anniversaire samedi prochain. Son mot est vraiment gentil. Elle s'excuse de ne pas avoir été présente ces temps-ci. Elle me raconte à quel point elle avait de la peine et qu'elle était incapable d'être elle-même. Mais elle ajoute qu'elle se sent mieux maintenant et qu'elle est chanceuse d'avoir une amie compréhensive comme moi. Elle dit qu'à son anniversaire, elle veut qu'on soit juste toutes les deux avec sa famille.

10 h 30

En bio, sœur Rose nous parle du fonctionnement du cerveau et du système nerveux.

Sœur Rose : Les influx nerveux se rendent dans différentes zones du cerveau où ils sont analysés. Le cerveau commande alors la contraction de muscles ou la sécrétion d'hormones selon le stimulus à l'origine de l'influx nerveux. Prenez votre manuel, page cent soixante-treize.

10 h 46

La lettre de Kat a envoyé un message à mon cerveau que je suis une amie nulle et mon cerveau a commandé toute une série de punitions. Voilà pourquoi je me sens si tendue et mal à l'aise. Ma vie est un cours de bio.

10 h 48

Sœur Rose : Comme vous pouvez le lire, l'hémisphère gauche contrôle le langage, les aptitudes en mathématiques et l'hémisphère droit... Aurélie Laflamme, peux-tu nous dire ce que contrôle l'hémisphère droit ?

Moi : L'hémisphère quoi ? Droit ? Euh… (Je regarde rapidement dans mon manuel alors que mon cerveau est resté sur la fonction « sécréter des hormones de malaise », et pas juste parce que j'ai menti à Kat.) L'hémisphère droit est dominant pour les aptitudes musicales ou artistiques, l'imagination, euh… et la production d'images mentales.

En passant, je lis comme une enfant de prématernelle qui ne sait pas lire.

Sœur Rose : Très bien. Alors, Aurélie Laflamme, pendant le cours de bio, essaie de te servir de ton hémisphère gauche et non du droit. Hi ! hi ! hi !
Comme chaque fois qu'elle fait une « blague », elle met sa main devant sa bouche et rit doucement pendant un temps qui me semble interminable (surtout qu'elle rit de moi) et j'entends en sourdine d'autres rires dans la classe, alors je me cale sur mon siège.

Note à moi-même : c'est quoi le problème, au juste, avec mon cerveau ?

Note à moi-même n° 2 : je me demande si le cerveau s'habitue aux HUMILIATIONS PUBLIQUES. Grrr.

192

Midi

Kat : Tu viens à mon anniversaire ?

Mon cerveau sécrète soudainement une grande quantité d'hormones (je sens mes mains devenir moites) selon le stimulus à l'origine de l'influx nerveux (mes mensonges).

Moi : Kat, je ne suis pas digne de ton amitié ! Je sors avec Nicolas depuis un mois et demi ! Je comprendrais si tu ne veux plus jamais me parler !

Et je me sauve en courant, au bord des larmes.

12 h 45

J'ai la tête enfoncée dans mon casier et j'essaie de reprendre mon souffle (ça pue là-dedans, il faudrait sérieusement que je songe à faire le ménage). On me tape sur l'épaule. Je me retourne. C'est Kat. Je rentre de nouveau la tête dans mon casier, honteuse.

Kat : Sors de là !

Moi (avec une voix qui sonne comme le bonhomme Carnaval vu que j'ai toujours la tête dans le casier) : Non.

Kat : Je ne veux pas parler à une fille avec une tête de casier !

Moi : Je suis une traîtresse ! (Je sors soudainement la

tête du casier.) Hé ! Enferme-moi là-dedans une journée et on sera quittes !

Kat : Je n'enfermerai certainement pas ma meilleure amie dans son casier !

Moi : Je… suis encore… ta meilleure amie ?

Kat : T'aurais dû me le dire !

Moi : J'avais peur de te faire de la peine…

Kat : Tu pensais que j'aurais de la peine ?

Moi : Oui… Et j'avais peur que tu sois fâchée.

Kat : Franchement !

Moi : T'avais l'air tellement contente de faire un pacte.

Kat : Je crois que j'avais tellement de peine que je voulais faire couler tout le monde avec moi. Comme ça, tu sors avec Nicolas, hein ? C'est trop cool ! Il est super ! Je pense que si tu n'étais jamais sortie avec lui, là, j'aurais été fâchée.

Moi : Tu n'es pas fâchée ?

Kat : T'sais, je vais avoir quinze ans, je crois qu'une de nous deux doit être mature et, comme c'est moi la plus vieille, c'est normal que ça arrive avant.

Moi : Ha. Ha. OK, je le mérite.

Kat : Pis… pour te dire la vérité, je n'ai plus de place dans mon cœur pour des émotions négatives. Je pense que t'avais des bonnes intentions. Tu ne voulais pas me faire de la peine. Ça me touche.

Moi : Fait que... tu m'invites à ton anniversaire quand même ?

Kat : Solide ! Je ne fais pas de fête si tu n'es pas là. Mais n'invite pas Nicolas, OK ? Un truc entre filles. Je veux juste qu'on soit toi, moi et ma famille, obligatoirement parce que je *vis* avec eux...

Moi : Il y a un pacte que je peux faire, moi : je ne serai jamais le genre de fille à amener mon petit copain partout et à ne sortir que s'il est là !

Kat : J'ai un meilleur pacte : on ne fait plus de pacte !

Moi : Ah, OK, c'est mieux, ouais. À moins qu'on fasse le pacte de se dire toujours la vérité ?

Kat : Plus de pacte ! Sauf celui qu'on reste les meilleures amies du monde *4 ever and ever*. Parce que sans petit copain et sans meilleure amie, il faudrait que j'en mette, des chevaux sur mon mur pour oublier ma tristesse.

Moi : Hoooon !

13 h 30

Kat et moi, on s'est serrées dans nos bras super longtemps et, quand la cloche a sonné, on s'est rendu compte qu'il n'y avait plus personne aux casiers et qu'on était en retard pour le prochain cours.

Chose importante à me rappeler : j'ai la meilleure amie du monde !!!!!!

J'ai essayé de me concentrer tant bien que mal à l'école aujourd'hui, mais j'avoue que c'était difficile vu que je n'arrêtais pas de penser au dîner de ce soir avec le nouveau mec de ma mère. Comment j'ai pu ne pas me rendre compte qu'elle était amoureuse ? Peut-être qu'elle n'est *pas* amoureuse. Ça se peut. C'est son mec de transition, disons. Elle n'est sortie avec personne depuis le décès de mon père, alors elle fait peut-être juste des essais, du « shopping de messieurs ». Kat m'a dit de prendre ça cool. Facile à dire pour elle, Mme J'ai-trouvé-une-nouvelle-zénitude-grâce-aux-chevaux.

18 heures

Ma mère et moi attendons François Blais. Nicolas n'a pas pu venir parce qu'il travaille. Ma mère est tout excitée (pas parce que Nicolas travaille, mais parce que François Blais vient). Pour ma part, je suis de glace. Après tout, ce n'est qu'un mec transitionnel. Ma mère ne semble pas croire la même chose, vu son attitude (sa voix est plus aiguë que d'habitude de cinq octaves au moins), mais elle le réalisera rapidement et tout redeviendra normal dans la maison qui, en passant, est fabuleuse avec les nouvelles couleurs.

18 h 34

Ah ! François Blais a un énooooooorme défaut ! Il n'est pas ponctuel ! Il est arrivé à 18 h 34, alors que ma mère lui avait demandé d'être là à 18 h 30. Pas fiable !

18 h 35

Beurk ! Il m'a embrassée sur les joues. Il ne me connaît même pas ! Et ça pique !

18 h 45

François Blais est bel homme. Il est assez grand, mince (il doit être du genre à s'entraîner dans un club de gym), il a les cheveux noirs et gris, mais il a un visage jeune (je suis certaine qu'il se fait bronzer à son club : ringard). Mais, une chose est sûre : VRAIMENT PAS PLUS BEAU QUE MON PÈRE.

18 h 50

Ma mère a fait des côtelettes de porc. Chaque bouchée est difficile à avaler.

Je crois que mon cerveau *bug* et ne sait plus comment contrôler mes influx nerveux. (À mettre à mon agenda : Demander à sœur Rose si c'est normal.)

J'ai su, racontée de la bouche de François Blais en personne, la vraie version de l'histoire d'amour de ma mère. Apparemment, ma mère et François Blais se sont bien entendus dès le premier jour de leur rencontre. François Blais est arrivé au bureau de ma mère il y a environ trois ans – donc après le décès de mon père – pour remplacer Michel Larouche, le boss de l'époque, qui prenait sa retraite. Entre François Blais et ma mère ça a tout de suite collé (c'est le mot de François Blais) et ils se sont rapidement découvert une complicité mutuelle (professionnelle, j'imagine). Ils allaient même quelquefois ensemble à des événements ou encore tout simplement prendre un verre dans un 5 à 7 (ce qui explique pourquoi ma mère rentrait parfois un peu tard, totalement inconsciente de ses responsabilités parentales). François Blais a donc toujours kiffé ma mère (voilà bien un cas de harcèlement), mais il ne l'a jamais draguée. Il lui a récemment révélé qu'il ne l'avait jamais fait, par respect parce qu'elle était veuve (pfffff !). Mais quand il a appris qu'elle cherchait à rencontrer quelqu'un et qu'elle s'était même inscrite sur un site de rencontres, il a tout fait pour se faire valoir comme prétendant potentiel. Sans insistance, il l'a invitée à sortir, à prendre des verres et, quand ma mère lui a annoncé qu'elle se désabonnait de son site de rencontres, il a sauté sur l'occasion pour lui avouer ses sentiments (si on change « sur l'occasion » par « dessus », là, on a un cas de harcèlement au travail ! Ha !). Il a ajouté qu'il l'avait remarquée depuis longtemps, mais qu'il attendait qu'elle soit prête.

N'im. Por. Te. Quoi.

Alors que mon visage n'est capable d'esquisser qu'un faible rictus, ma mère roucoule comme une tourterelle et son timbre de voix est tellement aigu que je suis certaine que seuls les chiens peuvent vraiment comprendre ce qu'elle dit.

Note à moi-même : j'avoue que l'histoire de François Blais est trop convaincante pour un cas de harcèlement au travail. Et, à en juger par son comportement, ma mère n'aurait aucune crédibilité comme témoin.

19h5

L'heure de la vengeance a sonné. Alors que ma mère et François Blais se parlent avec des étincelles dans les yeux, j'ai pensé qu'il était temps que je rende la monnaie de sa pièce à ma mère et j'ai fait comme elle m'avait fait avec Nicolas. Si François Blais est aussi super que, disons, Nicolas, il acceptera les défauts de ma mère sans broncher. S'il est diabolique, comme je le soupçonne de l'être sous ses airs d'homme parfait, il révélera alors sa vraie nature.

Secrets sur ma mère que j'ai révélés à François Blais en guise de mini-vengeance personnelle :

• Elle enregistre *Les Feux de l'amour* TOUS les jours.

• Elle a oublié un millier de fois les clés dans sa voiture, portières fermées.

• Elle peut traverser un pont quatre fois aller-retour en essayant de sortir d'une ville.

• Elle laisse sécher des citrons et des grenades parce qu'elle trouve ça « joli ».

• Avant qu'elle ait un téléphone portable, elle apportait dans sa voiture un téléphone fixe – seulement le récepteur avec le fil – pour avoir l'air de parler à quelqu'un si elle voyait une voiture louche. (Personnellement, je pense qu'elle aurait pu avoir l'air d'une évadée d'un hôpital psychiatrique parce que tout le monde se rendait compte que c'était un téléphone fixe et qu'elle avait l'air de parler toute seule.)

• Elle est certaine que des gens tentent continuellement

de fouiller virtuellement dans son ordinateur pour l'espionner.

• Elle pète quand elle a le fou rire.

19 h 15

François Blais riait tellement qu'il m'a suppliée d'arrêter. Ma mère, de son côté, riait jaune. (Peut-être qu'elle n'osait pas rire plus parce qu'elle avait peur de péter. Ha ! ha !)

19 h 16

Le fait qu'il ait bien réagi ne signifie pas qu'il est vraiment un bon petit ami pour ma mère. S'il est le diable en personne, il ne se laissera pas décourager par des fruits séchés, de la paranoïa et quelques pets !

21 h 16

Ça fait déjà une heure que je suis dans ma chambre en train de faire semblant de lire des BD alors que ma mère et FB sont dans le salon et que j'essaie d'entendre leur conversation. Après le départ de FB, ma mère est venue me voir.

Ma mère (dans l'encadrement de la porte) : Comment tu le trouves ?

Moi : Pas mal.

Ma mère : Pas plus que ça ?

Moi : Ben… bien, voilà.

Ma mère : Il t'a trouvée super, en tout cas. Et, en passant, j'ai compris la leçon. On ne dit plus nos petits secrets.

Et elle fait comme si elle avait une fermeture Éclair sur la bouche et referme ma porte.

Samedi 18 mars

Avec tout ça, je n'ai pas eu le temps d'acheter un cadeau à Kat. Ce qui serait vraiment cool, ce serait d'avoir une machine à voyager dans le temps pour que je puisse rattraper le temps perdu. Il me semble que je m'y prends toujours à la dernière minute. Techniquement, son anniversaire est le 22 mars, alors je pourrais lui donner son cadeau à l'école mercredi. Hum… Pas cool. Je vais aller faire les boutiques, puisqu'il le faut !

Je cours dans le centre commercial. J'ai trouvé une belle affiche de cheval et un collier avec un cheval en pendentif. Je cherche désespérément du papier cadeau, sans succès. Il ne me reste plus beaucoup de temps, Kat m'a dit d'arriver vers 15 heures. Alors, je sors du magasin et je vais me débrouiller.

Moi (de ma chambre) : Mamaaaaaaan ? Est-ce qu'on a du papier cadeau ?

Ma mère (de la cuisine) : Seulement de Noël, choupinette !

Moi : Ah ! Arrête de m'appeler « choupinette » !

Je n'ai pas de papier cadeau, merde ! Ni de carte !

15 heures

J'arrive chez Kat. Julyanne ne semble plus vraiment fâchée contre moi, mais ne me copie plus, ce qui est une bonne chose.

Kat m'emmène dans sa chambre et chuchote :

– Tu sais ce que mes parents m'ont dit ?

Moi : Non.

Kat : Ils ont une super belle surprise qui va arriver à 16 heures. Je crois que c'est un cheval ! Tu imagines !

Un cheval ! Betty Boop !!! J'espère qu'elle est brune !
Avec une belle crinière brune !

15 h 30

Kat est tellement anxieuse qu'elle n'arrête pas de renverser des choses dans la maison. Sa mère lui a permis d'ouvrir quelques cadeaux, en attendant sa « grosse surprise ». Je dois admettre que Kat a peut-être raison, peut-être que ses parents lui ont acheté un cheval, ils ont l'air vraiment contents de leur surprise.

Kat a reçu un tee-shirt de sa sœur et un pantalon de ses parents. Je lui ai par la suite tendu mon cadeau, enveloppé dans une vieille taie d'oreiller, en lui conseillant de lire la carte en premier (une carte que j'ai fabriquée moi-même en pliant une feuille en deux et en écrivant « Bon anniversaire Kat ! » à côté de trois ballons dessinés sans aucun talent.

Chère Kat,
Tu es pour l'environnement, non ?
C'est ce que je me disais, aussi… C'est pour ça que je n'ai pas emballé ton cadeau. Le papier cadeau, c'est très peu écologique. Détruire un arbre seulement pour camoufler un cadeau, pour un effet de surprise ? Je dis : « Contre ! »
Si la planète explose et que nous avons perdu toutes nos ressources naturelles et que nous avons un procès devant

Dieu et qu'il nous demande : « Eh bien, humains, quéssé que vous avez fait avec les arbres ? » et qu'on répond : « Ben… il y a les journaux, le papier hygiénique, sans oublier le papier cadeau, pour ne pas gâcher l'effet de sur-prise… », il va nous trouver vraiment débiles !
Bon anniversaire !
Ta best 4 ever,

Aurélie
xxx

Kat a ri en déclarant :
– Je ne savais pas que tu étais écolo !
Je lui ai répondu que, depuis quelque temps, je visitais un blogue écologique (sans toutefois préciser que ma seule intervention avait été pour annoncer que j'ai un petit copain, hi hi.)

15 h 45

Kat a été très touchée par mes cadeaux non emballés. Elle a immédiatement enfilé son collier.

15 h 55

Kat saute presque sur place. Sa mère semble très contente que sa surprise crée un tel effet d'attente chez sa fille.

16 heures

Toujours pas de surprise. Kat n'en peut plus. Je crois que lorsque son cheval va arriver, elle va s'évanouir.

16 h 2

On sonne à la porte. Kat répond. Un clown portant un énorme bouquet de ballons la bouscule et crie :
– QUI FÊTE SON ANNIVERSAIRE ?
Sans se préoccuper du clown, Kat regarde dehors pour chercher un camion assez grand pour contenir un cheval. Elle ne voit rien. Elle me regarde, médusée.

16 h 15

Le clown déclame un poème chanté à Kat qui regarde toujours par la fenêtre. Personnellement, je trouve le clown un peu effrayant. La mère de Kat sourit à pleines dents, toute fière de son idée.

16 h 20

Le clown s'en va après que le père de Kat lui a donné un généreux pourboire.
Mère de Kat : Alors, ma grande ? Tu es contente de ta surprise ?
Kat : Quoi, c'était *ça*, ma surprise ? Un clown ? ! ??? !!!
Mère de Kat : Tu n'es pas contente ?
Kat ne sait pas quoi dire. Elle ne veut pas faire de peine

à sa mère pleine d'attentions à son égard, mais elle est incapable de dire qu'elle a apprécié la présence d'un clown pour son quinzième anniversaire. Sa mère lui tend alors une enveloppe. Kat l'ouvre. Je regarde par-dessus son épaule. C'est une brochure de camp d'équitation.

Kat : Maman ? Papa ?

La mère de Kat a les larmes aux yeux. Et Kat est sur le point de s'évanouir.

Mère de Kat : C'est un des meilleurs camps. Tu vas apprendre comment monter un cheval, le laver, le nourrir... Tu vas passer un mois là-bas !

Kat : Tout un... Tout un... mois ?

Kat fond en larmes et saute dans les bras de ses parents qui eux aussi semblent émus. Julyanne et moi nous regardons et je dis :

— Tu pourras mettre ton collier de cheval au camp !

Et Julyanne crie, avec une voix lancinante :

— Moi aussi, je veux y aller !

Et son père, se croyant drôle, dit :

— Maintenant, on va vraiment pouvoir te dire d'arrêter de monter sur tes grands chevaux.

Ce qui a un peu cassé le trip de Kat, qui l'a regardé en ayant l'air de dire : « Rapport ? ! ? », mais qui s'est sans doute abstenue par politesse, étant donné le superbe cadeau qu'il venait de lui offrir.

Constatation : je crois que plus on devient adulte, plus on cherche à montrer l'étendue de notre intelligence en faisant des jeux de mots sans rapport. Ce qui est souvent malhabile, à mon avis. J'ai gardé cette constatation pour moi parce que, après ce cadeau, impossible que Kat cherche encore des poux à son père, ce qui est une bonne chose vu que, selon moi, il est le père le plus cool que je connaisse, après le mien, bien sûr.

20 heures

Kat, Julyanne et moi nous sommes amusées à respirer l'hélium des ballons apportés par le clown et à parler avec une petite voix. On a ri comme des folles jusqu'à ce que les parents nous suggèrent d'arrêter. Avec l'accord de Kat, je suis repartie chez moi avec quelques ballons. J'ai pensé que Sybil aimerait bien jouer avec.

On dirait que Kat ne pense plus du tout à Truch. Elle passe tout son temps libre à lire la documentation de son camp d'équitation. Elle a peur que je m'ennuie d'elle pendant qu'elle sera partie cet été. Je lui ai dit de ne pas s'inquiéter. J'ai Sybil, un petit copain et maintenant un voisin. J'en ai profité pour lui parler un peu de Tommy (mettant secrètement en branle mon plan d'entremetteuse).

14 h 37

En sports, on jouait au foot et, à un moment donné, pendant un instant de totale inattention, j'ai pris le ballon et je l'ai lancé par erreur dans un des paniers de basket. Manon, qui croyait que je faisais ça pour être rebelle alors que j'étais dans la lune, m'a envoyée dans le bureau du directeur.

Je me suis changée avant d'aller au bureau de Denis Beaulieu. Je n'aurais pas aimé qu'il me voie dans mes vêtements (laids) de sport. Je préfère de loin l'uniforme de l'école.

Denis Beaulieu (en soupirant) : Aurélie Laflamme… Encore toi.

Il s'assoit à son bureau et m'invite à faire de même. Je prends un élastique en caoutchouc qui est juste devant moi sur son bureau et je commence à jouer nerveusement avec.

Moi : Je vous jure que j'étais dans la lune et que, l'espace d'un instant, j'ai cru qu'on jouait au basket. Je ne voulais pas…

Denis Beaulieu : Je vois.

Moi : C'est vrai !

Je joue avec l'élastique encore plus frénétiquement.

Denis Beaulieu : Aurélie, je vais te dire un secret. Je trouve que tu es une fille très intelligente. Peut-être la meilleure élève de cette école.

Moi : Moi ? Vous devez vous tromper…

Denis Beaulieu : Non, je le pense vraiment. Tu es intelligente comme un singe ! Mais tu ne te forces pas. Tu es distraite en classe. Et sur le plan du comportement…

J'approche l'élastique de ma bouche et je le tire avec mes dents.

Moi : Je crois que j'ai un dérèglement chimique… du cerveau. Pensez-vous que je devrais passer un scanner ?

Denis Beaulieu : Non. Ce que je veux, c'est que tu arrêtes de faire la comique et que tu t'appliques. Que tu étudies tous les soirs et que tu finisses l'année avec des notes dans les 9/10.

Moi : Impossible !

Pensant que ma mère me dirait sans doute que l'élastique est rempli de germes, je le sors de ma bouche et je le tire avec mes pouces.

Denis Beaulieu : Si, c'est possible ! Je suis prêt à te mettre en retenue tous les soirs de l'année s'il le faut, juste pour te forcer à étudier.

Moi : Mais j'étudie ! C'était même dans mes résolutions de l'année !

Denis Beaulieu : Il faudrait que…

Soudain, l'élastique glisse, m'échappe des doigts et se dirige tout droit sur le front de Denis Beaulieu. Je pince les lèvres et tourne les yeux sur le côté.

Moi : Oups.

Denis Beaulieu se tapote un peu le front à l'endroit où l'élastique l'a pincé et prend une grande inspiration.

Denis Beaulieu : Je ne te donnerai pas de retenue, mais

je veux voir des résultats. Je veux voir tes notes augmenter et si, d'ici un mois, rien n'a changé, je vais sévir. Je veux que tu saches que je fais ça pour t'encourager. Je vais également aviser France… ta mère.

15h1

Je sais très bien qui est France ! Hum… Avant les fêtes, je croyais qu'ils sortaient ensemble, mais j'avais peut-être mal perçu ce qui se passait réellement, c'est-à-dire que Denis Beaulieu est amoureux fou de ma mère ! Et il veut que j'améliore mes notes pour ne pas sortir avec une femme dont l'enfant a des notes inférieures à 8/10 (sauf en français et en arts plastiques, mais cette dernière matière ne compte pas vu le système de notes de Louis).

15h2

Avant de sortir de son bureau, je dis :
– Ma mère a un petit ami.
Denis Beaulieu : Est-ce qu'il s'occupe lui aussi de ton éducation scolaire ?
Moi : Euh… non.
Denis Beaulieu : Dans ce cas, je vais seulement parler à ta mère.
Il prend l'élastique et me le montre en disant :
– Ça ne te dérange pas trop que je jette ça ?

Je fais timidement non de la tête, je courbe mes épaules et je sors.

Conclusion (d'après ma conversation avec Denis Beaulieu) : je suis un génie qui s'ignore !

Destruction de ma conclusion : si j'étais *vraiment* un génie, je ne l'aurais pas *ignoré*.

Questionnement : je me demande comment Nicolas fait pour travailler *et* étudier. Ça doit être un *vrai* génie.

Conclusion de mon questionnement : je sors avec un génie (à défaut d'en être un moi-même) !

Je n'ai plus de vie. Ma mère veut même que j'arrête de regarder la télé en semaine (marâtre !). J'ai même averti Nicolas que je devais améliorer mes résultats scolaires et qu'on ne pourrait pas se voir autant. Il a dit qu'il ferait la même chose et qu'il se concentrerait davantage sur ses études. Deux vrais *nerds* ! Hum… ça me fait penser aux bonbons que je mangeais pour me donner du peps en étudiant. Ça, c'est bon ! (J'y pense, mais je ne peux plus en manger, ma mère surveille mon alimentation et dit que le sucre nuit au bon fonctionnement du cerveau. Je suis obligée de manger des légumes et toutes sortes de choses dégueu. Je suis vraiment une martyre.)

P-S : C'était le véritable anniversaire de Kat aujourd'hui. On n'a pas pu fêter ça adéquatement avec des bonbecs, comme à notre habitude, parce que ce genre de plaisir m'est maintenant interdit. Soupir.

Ma mère a cessé d'enregistrer *Les Feux de l'amour*. Si, un jour, je vais à l'université, je vais faire une thèse de doctorat sur l'amour qui change les êtres humains (moi y compris). Quoique, en ce qui concerne *Les Feux de l'amour*, ce ne soit pas un changement, disons, négatif, mais plutôt une amélioration. Je ne regarde que des extraits une fois de temps en temps par-dessus l'épaule de ma mère et j'arrive quand même à suivre l'histoire !

18 heures

Au dîner (spag-boulettes), j'ai dit à ma mère qu'elle ne devrait pas s'empêcher d'enregistrer *Les Feux de l'amour* juste parce que son petit ami trouve ça niais, qu'elle a le droit de conserver sa personnalité. Et elle m'a dit :
– Je n'enregistre plus *Les Feux de l'amour* pour avoir de la place pour enregistrer tes émissions.

J'allais lui dire qu'il existe des enregistreurs numériques, mais j'étais tellement touchée qu'aucune parole n'est sortie de ma bouche. Puis ma mère a éclaté de rire parce que, paraît-il, j'avais plein de sauce tomate autour de la bouche (je ne vois pas ce que ça a de si drôle !).

Samedi 25 mars

M a mère a caché toutes mes BD et m'a dit que je ne pourrais sortir avec Nicolas qu'après le dîner. Kat est venue étudier avec moi (avec la permission de ma mère contre ma promesse solennelle qu'on allait *vraiment* étudier). Kat et moi, on a trouvé une super méthode pour apprendre les leçons compliquées. On les chante sur des mélodies de Simple Plan. C'est drôle à dire, mais on s'éclate vraiment.

14 h 13

On frappe à la porte. C'est Tommy.

Tommy : Salut, Laf ! Qu'est-ce que tu fais ?

Moi : J'étudie.

Kat : Qui t'appelle Laf ?

Kat s'approche de la porte.

Moi : C'est mon voisin.

Je présente Kat à Tommy et je sens tout de suite une connexion.

14 h 19

Kat et Tommy n'arrêtent pas de s'engueuler comme du poisson pourri. Tommy lui a dit qu'il aimait les chevaux... surtout dans les fondues chinoises. Oh là là !

14 h 37

Je réussis à mettre Tommy à la porte pour que Kat et moi puissions continuer à étudier. Kat est rouge de rage. Elle veut militer contre les gens qui mangent du cheval, surtout dans les fondues chinoises. Je lui ai dit : « Et les vaches ? Et les veaux ? Et les petits agneaux tout mignons ? » Elle a décrété qu'elle deviendrait végétarienne.

21 h 35

Nicolas et moi sommes allés voir un film. J'étais vraiment fatiguée et, pendant le film, je n'arrivais pas à me concentrer, car je n'arrêtais pas d'avoir des flashes de ce que j'avais étudié aujourd'hui. Bizarre, parce que habituellement, c'est le contraire : quand j'étudie, j'ai des flashes du film que j'ai regardé ou de ma vie. Mais Nicolas me tenait la main et c'était cool, parce que, quand il fait ça, ça efface tout le disque dur de mon cerveau pour ne laisser place qu'à : titilititi, ce qui est très relaxant, intellectuellement parlant.

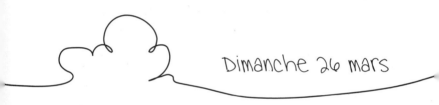

Dimanche 26 mars

Il commence à faire de plus en plus beau. L'hiver est presque terminé. On entend même la neige fondre. Nicolas m'a invitée à passer l'après-midi chez lui, mais Raphaël et son frère étaient là et j'avoue que je suis un peu gavée de les entendre parler en Brice de Nice. J'ai donc décidé de rester chez moi et j'en ai profité pour visionner toutes les émissions que j'ai manquées cette semaine dont *Gossip Girl*, *Les Frères Scott*, *Charmed*, etc. Ça m'a fait un bien fou !

19h1

Avoir un petit copain en même temps que sa mère est très peu pratique. Tout à l'heure, je parlais au téléphone avec Nicolas et, sans aucune considération pour ma conversation, elle commence à composer un numéro.
Moi : Mamaaaaaaaaaaaaaaaan ! Je suis au téléphone !!!!!!!!!
Ma mère : Oh, scuse.
Et elle a raccroché.

Dix minutes plus tard
Ma mère : Aurélie, raccroche ! Il faut que je passe un coup de fil !
Moi : J'étais là en premier !
Ma mère : C'est moi qui paye !

Quel argument mesquin ! Elle sait que je ne peux pas me défendre contre ça !

But ultime : payer la facture de téléphone pour pouvoir faire ce que je veux.

Note à moi-même : ma mère est *un petit peu moins cool* depuis qu'elle a un mec.

Aveu top-secret : je déteste François Blais. Il arrive et fait son gentil-souriant-généreux-cool, mais je suis certaine qu'il est diabolique. Dans les films de super-héros, le vilain est toujours suave, intelligent, charismatique jusqu'à ce qu'il révèle son côté machia-vélique. Je suis bien déterminée à découvrir que François Blais n'est pas celui que ma mère croit qu'il est. Mouha ! ha ! ha ! ha ! ha ! ha ! ha ! Oh non ! si je fais le « mouha ! ha ! ha ! », c'est moi la méchante ! Je retire le « mouha ! ha ! ha ! ha ! » et je le change pour une musique de super-héros qui vient de découvrir le pot aux roses (dans mon cas, que François Blais est un méchant).

Je marchais avec Kat dans un couloir de l'école quand nous avons croisé Denis Beaulieu qui m'a fait un clin d'œil en me disant : « Continue comme ça. » Ça m'a fait me sentir fière. Une fois qu'il a été hors de notre vue, Kat m'a pointée et a dit : « Chouchouuuuuuu ! » J'ai pris son doigt et je l'ai baissé et je lui ai parlé de ma théorie que Denis Beaulieu est peut-être amoureux de ma mère et elle m'a dit : « Tu délires grave ! » Et elle a continué à me crier : « Chouchouuuuuu ! »

Note à moi-même top-secrète : je pense que Kat est *un peu trop* de bonne humeur depuis qu'elle sait qu'elle passera un mois dans un camp d'équitation.

Rien à raconter étant donné études intensives en vue d'amélioration scolaire.

Sauf peut-être une petite chose. Pendant que j'étudiais, Sybil jouait avec les ballons que j'ai rapportés de la fête de Kat, qui sont presque tout dégonflés. En sautant vivement sur l'un d'eux, elle l'a crevé et ça lui a tellement fait peur que son poil est devenu tout raide, son dos, tout rond, elle a fait « shhhhhhhhhh » et elle a couru se réfugier sous mon lit. J'ai ri pendant une demi-heure.

18 h 25

J'ai tenté d'écouter la conversation téléphonique de ma mère avec François Blais pour la protéger, mais elle s'en est rendu compte et m'a dit de raccrocher. Grrrr. Pourquoi n'ai-je pas de *vrais* gadgets de super-héros pour m'aider dans ma mission ?

Nicolas m'a appelée et on a parlé une heure. Ma mère est quand même gentille, elle a raccroché avec François Blais quand Nicolas était en attente. Nicolas aimerait que je rencontre sa mère, mais étant donné que ma seule conversation téléphonique avec elle s'est très mal passée (elle avait été bête comme ses pieds, je ne l'ai pas dit à Nicolas), je lui ai dit que je ne me sentais pas prête.

Lui : Allez ! J'ai bien dîné avec ta mère, moi.

Moi : Ouais, et ça a été catastrophique !

Lui : Parle pour toi, moi, j'ai trouvé ça cool.

Moi : C'est sûr, personne n'a révélé de secrets honteux à ton sujet.

Lui : Je te les ai dits moi-même.

Moi : Peut-être que les dîners avec les parents me portent malheur.

Lui : Touche du bois.

Moi : Pourquoi ?

Lui : Ça porte malheur de dire que quelque chose porte malheur. Ça va contrer ta malchance.

Il m'a alors proposé de dîner avec son père et Anne, la compagne de son père, en m'assurant qu'ils n'étaient pas intimidants, en insistant sur le fait qu'ils étaient très cool et en ajoutant que maintenant que j'avais touché du bois (la mélamine grise et rose, est-ce que ça compte ?), je n'avais plus rien à craindre. J'ai accepté, surtout parce que je ne pouvais lui opposer deux refus. Il a dit qu'il allait arranger ça pour samedi, parce qu'il travaille vendredi. J'ai fait « hu-hum », surtout parce que ça m'intimide. Mais il a dit : « Je t'aime » et j'ai oublié toutes mes appréhensions. (Titilititi.)

22h10

Incapable de dormir à cause de Sybil et de son ballon. HA ! HA ! HA ! HA ! HA ! HA ! HA ! HA ! HA ! HA ! HA ! Trop drôle !

vendredi 31 mars

Journée pédagogique !
J'ai eu une bonne note en géo et ma mère m'a permis de passer la journée pédagogique sans étudier.

(Bizarre, mais je me sens un peu coupable, comme si le fait de profiter d'une journée de congé allait gâcher TOUS mes efforts fournis récemment.)

9 h 13

Je voulais faire la grasse matinée, mais il y a comme une pluie de cailloux contre ma fenêtre et je n'arrive plus à dormir. Ça doit être des travaux. L'arrivée du printemps rime souvent avec l'arrivée des travaux. Je mets mon oreiller sur ma tête pour étouffer le bruit.

9 h 15

Le bruit n'arrête pas. Aaaaaaaaaargh ! J'enlève l'oreiller de ma tête et je m'approche de ma fenêtre pour voir quel ouvrier cherche à gâcher ma journée de congé.
C'est Tommy.
J'ouvre la fenêtre.
Moi : Qu'est-ce que tu fais là ?
Tommy : Le monde appartient à ceux qui se lèvent tôt, Laf !
Moi : Tu parles comme un prof !
Tommy : Es-tu en congé aujourd'hui ?
Moi : Oui.
Tommy : Est-ce que ça te tente d'aller regarder aux fenêtres de MusiquePlus ?
Moi : OK. Je vais inviter Kat.

Tommy : La fille qui me déteste ?
Moi : Oui.
Tommy : OK… si tu y tiens.

9 h 20

J'appelle Kat.
Moi : Est-ce que ça te tente d'aller regarder aux fenêtres de MusiquePlus ?
Kat : Non ! C'est débile, de faire ça !
Moi : Ça va être cool ! Et Tommy…
Kat : Quoi, c'est avec le mec antichevaux ?
Moi : Il n'est pas antichevaux ! Il ne fait qu'en manger en fondue ! T'adores les lapins mais t'en manges pareil !
Kat : Pas depuis que je suis végétarienne !
Moi : Tu n'es pas végétarienne, t'as mangé des hot dogs hier !
Kat : Techniquement, des hot dogs, ce n'est pas *vraiment* de la viande.

11 h 15

Nous arrivons chez Tommy. Il écoute un album de Malajube pendant qu'il essaie de reproduire les accords des mélodies sur sa guitare électrique. Kat trouve ça assez cacophonique, mais moi j'adore ! Kat me dit dans l'oreille qu'elle trouve que Tommy s'y croit. Je lève les yeux au ciel. Tommy éteint son ampli, pose sa guitare et nous propose de partir.

11 h 45

Dans le métro, Kat et Tommy n'arrêtent pas de s'engueuler. Je crois que, pour mettre mon plan de les mettre ensemble à exécution, ça va me prendre bien du temps, de l'énergie et de la magie blanche.

11 h 47

Hum… La magie blanche. Voilà une bonne solution !

11 h 51

Comme je n'ai aucune connaissance ni aucun ingrédient me permettant d'utiliser la magie blanche pour améliorer l'ambiance, je tente une diversion en m'écriant de façon très enthousiaste :
– On va à MusiquePlus ! Wouhou !!!
Kat : Wouhou !!!
Tommy : Ça déchire !!!

Midi

Nous nous arrêtons manger dans un fast-food en ville avant d'aller à l'angle des rues Sainte-Catherine et Bleury pour regarder aux fenêtres de MusiquePlus. Ouuuuh ! C'est excitant !

227

13h12

On regarde par la grande fenêtre de MusiquePlus, mais c'est difficile de voir vraiment ce qui se passe à l'intérieur. Et il ne se passe pas grand-chose. Il y a une animatrice qui nous tourne le dos, un cameraman devant elle et plein de gens qui travaillent autour comme si de rien n'était. (Je me demande d'ailleurs comment elle fait pour se concentrer avec tous ces gens autour d'elle et je me dis que si elle sort après son émission, je pourrais peut-être lui demander des trucs pour réussir mes exposés oraux.)

13h15

Je commence à être saoulée de regarder par la fenêtre de MusiquePlus1, nous sommes dans le champ de la caméra et je me dis qu'on doit avoir l'air bien débiles le nez collé à la fenêtre comme ça. Et c'est ennuyeux.

13h16

Kat regarde ce qui se passe avec attention. Tommy me tape sur le bras et il me dit qu'il aimerait devenir auteur-compositeur-interprète et avoir un clip diffusé sur les ondes de MusiquePlus un jour. Je réponds :
— Comme la moitié de la planète !

---

1. Chaîne de télévision québécoise.

Tommy : Je ne te connais pas beaucoup, Laf, mais j'ai l'impression que tu te sers du cynisme pour te protéger de tes émotions et des émotions de ceux que t'aimes.

Moi : Hein ? Rapport ? ! ?

Tommy : Je pense que tu m'as répondu sèchement pour me protéger de mon rêve. Mais tu sais quoi ?

Moi : Euh... Non.

Tommy : Je n'ai pas peur de l'échec. Mon rêve est de passer un jour à MusiquePlus, mais si je ne le réalise pas, je vais quand même être heureux et je vais même me considérer comme chanceux d'avoir rêvé à quelque chose qui m'aura poussé à me dépasser. Mon père adore la musique, il n'a jamais percé là-dedans et il est heureux. Il m'a appris qu'il ne faut pas avoir peur de s'entendre dire non et de ne pas atteindre ses rêves. L'important, c'est d'en avoir. Et de ne pas se décourager si ça ne marche pas. Essuyer des refus, avoir de la peine... ça fait partie de la vie. Il faut juste tenter sa chance.

Moi : C'est beau ce que tu dis.

Je me sens émue par son discours. Je le regarde. Il me regarde. Et là, sorti de nulle part, il m'embrasse. Je le repousse vivement en criant :

– Hey !!! Rapport ? ! ? !!!! Qu'est-ce que tu fais là ? ! ? !!!!!

Kat, qui n'a rien vu, trop absorbée par ce qu'elle tentait

de voir dans les locaux de MusiquePlus, se retourne et dit :

– Qu'est-ce qu'il a fait encore ?

Moi : Il m'a embrassée !!!!!!

Kat lui donne un coup de sac à dos.

Tommy : Je m'excuse, je m'excuse ! Je pensais que…

Kat : Tu ne pensais pas parce que t'es juste un mec débile !

Kat me prend la main et on se sauve en courant vers le métro pendant que je regarde toutes les boutiques pour voir s'il n'y a pas un magasin de magie blanche sur notre route, la seule chose qui pourrait me sauver de cette situation embêtante.

Avril

KC

Samedi 1er avril

Avec un peu de chance, l'animatrice aura bafouillé juste au moment où Tommy m'embrassait et MusiquePlus ne diffusera pas cette partie de l'émission.

7h15

Ou encore, le cameraman ne filmait plus dans notre direction. Il aura eu une illumination artistique et il filmait autre chose pendant que l'animatrice parlait, pour faire original.

8h20

À moins que j'appelle MusiquePlus pour leur demander gentiment de ne pas diffuser cette séquence (sûrement ratée, de toute façon). Si je leur explique calmement la situation, ils vont comprendre.

8h25

Si j'explique la situation à Nicolas, il pourrait lui aussi

comprendre. Après tout, ce n'est pas moi qui ai embrassé Tommy, c'est lui qui m'a embrassée. De toute façon, je l'ai clairement repoussé et on le verra sûrement à l'écran. Et mon honneur *et* mon intégrité seront saufs.

8 h 30

Appeler MusiquePlus semble finalement une meilleure solution. Je pourrais les payer pour ne pas diffuser et/ou rediffuser ce qu'ils filmaient hier.
Conversation (hypothétique) avec la réceptionniste :
– Allô, MusiquePlus ? Oui, je m'appelle Aurélie Laflamme et je suis allée regarder à vos fenêtres et, pendant que l'animatrice présentait les prochains clips, mon voisin m'a embrassée contre mon gré et j'aimerais que cette partie ne soit pas diffusée. Je suis prête à vous donner tout mon argent, soit 37,49 dollars.

C'est évident : on me raccrocherait sûrement au nez après trois secondes !

8 h 35

J'ai juste à inviter tout le monde que je connais au cinéma toute la journée aujourd'hui, comme ça, personne ne verra la rediff d'hier à MusiquePlus.

8 h 36

À moins que Nicolas ait vu l'émission en direct hier ?
Non, il travaillait. Ouf.

8 h 37

À quelle heure passent les rediff ?

8 h 40

Non ! Si j'ai appris quelque chose de ma double vie
des dernières semaines, c'est que dire la vérité ne fait
de mal à personne. Je dois juste dire à Nicolas ce qui
s'est passé et il va trouver ça comique. Par contre, s'il
a envie de se battre avec Tommy, je lui dirai qu'on ne
règle rien par la violence, etc. J'aurai l'air de quelqu'un
possédant une grande sagesse et/ou zénitude. Dire la
vérité est la *meilleure* solution.

8 h 45

Je peux lui dire la vérité *au* cinéma. Comme ça, il saura
tout, mais ne verra *rien*. Excellent plan.

9 heures

Au téléphone.
Moi : Allô, Nicolas ?
Nicolas : Oui ?
Moi : C'est Aurélie.

Nicolas : Oui, je t'ai reconnue. Tu appelles tôt !

Moi : Oui, c'est que… je suis en forme ! (La vérité : je n'ai pas dormi de la nuit.) Je voulais savoir si tu voulais aller au cinéma voir… deux, trois, peut-être quatre films !

Nicolas : Tu ne veux plus dîner avec mon père ?

Moi : Ah. Non. Euh, non, dans le sens que c'est pas ça. Oui, c'est sûr, je veux dîner avec ton père. Ha ha.

Nicolas : Ça va ?

Moi : Oui. Je suis en feu ! Pas dans le sens « en danger » avec du vrai feu, mais dans le sens de ma bonne humeur en feu !

Nicolas : Es-tu sûre que ça va ?

Moi : S.U.P.E.R. Mais, faut vraiment que je te parle…

Nicolas : Veux-tu arriver plus tôt que prévu chez nous ?

Moi : OK. Tout de suite ?

Nicolas : Pas tout de suite, il faut que je fasse mes devoirs. Peut-être vers 16 heures ?

Moi : OK. Mais… ne regarde pas MusiquePlus pendant que tu fais tes devoirs, hein ? Ça déconcentre. C'est pas bon.

Nicolas : Euh… OK. Merci du conseil.

15 h 56

J'arrive chez Nicolas. Je m'en fous d'être en avance. C'est nécessaire.

16 h 15

Max n'arrête pas de venir dans le salon nous déranger, Nicolas et moi. Une fois, il a même dit que ça manquait d'ambiance et il a proposé d'allumer la télé, mais j'ai bondi pour l'éteindre en disant que, dans notre société, il y avait trop de télé. (J'aurais aimé ajouter que la preuve était que lui, Max, avait eu le cerveau complètement reprogrammé par un simple film, mais je me suis abstenue.)

16 h 30

Max est encore là (vraiment tache !). Je suis assise sur le canapé, le dos rond, avec de la fumée qui me sort sûrement des oreilles. J'aimerais dire à Nicolas ce que j'ai à lui dire, mais pas devant son frère. 1) C'est trop gênant et 2) il me « casserait » sûrement avec une réplique à la Brice de Nice.

17 heures

Merde ! Le père de Nicolas vient d'arriver avec sa compagne. Impossible d'être seule avec Nicolas. Ils me posent un million de questions à la minute. Anne, la compagne d'Yves, le père de Nicolas, a même dit : « Attention ! On te passe à la casserole. » Ce qui m'a laissée un peu perplexe sur le coup, car j'ai cru qu'ils étaient cannibales, avant de comprendre que c'était une expression qui voulait dire qu'ils me poseraient beaucoup de questions.

18 h 15

Je suis à table avec Yves, le père de Nicolas, Anne, la compagne du père de Nicolas, et Max, le frère (fatigant) de Nicolas. On mange de la pizza. Mais de la pizza chic. Avec la pâte mince et des ingrédients spéciaux, comme des tomates séchées et du basilic. Je n'ai jamais mangé de la pizza chez les parents d'un petit copain avant. Normal, je n'ai jamais eu de petit copain.

18 h 20

J'ai pris ma part de pizza dans mes mains, mais j'ai remarqué que tout le monde la coupait avec son couteau et sa fourchette. Alors, j'ai reposé ma part dans mon assiette et je l'ai coupée en petits morceaux moi aussi, ce qui était assez difficile parce que la croûte est assez dure. Une fois arrivée à la croûte, j'ai piqué ma fourchette dedans, mais j'ai raté mon coup et mon morceau a atterri tout droit dans l'assiette du père de Nicolas... qui a éclaté de rire et qui a dit :
— T'avais qu'à le dire, si t'avais plus faim.

18 h 21

Max : Hé, Aurélie ?
Moi : Oui.
Max : Tu peux jeter tes restes dans la poubelle au lieu de le faire dans l'assiette de mon père. J't'ai cassée !
Yves : Max, arrête ça !
Max : Oh, c'est pour rire !
Nicolas : C'est énervant.
Max : T'es pas fâchée, hein, Aurélie ?

18 h 23

Dieu, si vous existez, faites que tout ça soit un rêve et que je me réveille avant-hier, que Tommy ne m'embrasse pas devant les caméras de MusiquePlus et que je n'aie pas fait voler un morceau de pizza dans l'assiette du père de mon petit copain.

18 h 31

Anne : Alors, Aurélie, tu l'aimes comment, Nicolas ?
Nicolas : Anne, franchement ! Laisse-la tranquille.
Max : Ouais, allez !
Yves : Non, ça m'intéresse, moi. Laissez-la répondre.
Pourquoi les adultes s'entêtent-ils à poser ce genre de questions ultra-gênantes ? Il devrait y avoir un règlement qui stipule que les tests ne sont réservés qu'à l'école. Puisqu'il le faut, je lance spontanément :
– Je l'aime p.q.t.m. !

239

Yves : Comment ?

Moi : Euh… Plus que tout au monde. Pas que je ne m'intéresse à rien d'autre qu'à lui. Ni que je suis une espèce de dépendante affective qui ne pense qu'à une seule personne et concentre sa vie autour d'elle. Non, parfois c'est bien d'avoir d'autres amis, même si les amis en question font des erreurs et qu'après vous avez envie de les tuer. Euh… C'est seulement une façon de parler. Je ne veux tuer personne. J'ai de la peine quand j'écrase une fourmi, donc… Je voulais juste dire que j'aime beaucoup Nicolas. Et soyez rassurés, je suis contre la violence. Donc, en résumé, j'aime beaucoup Nicolas, sans aucun élan de violence inapproprié, et j'aime également plein d'autres personnes, comme ma mère, Sybil, et mes amis. Mais il est le seul que j'aime, disons, de cet amour-là. De toute façon, est-ce qu'on peut *vraiment* mesurer l'amour ?

Je sens une goutte de sueur perler sur mon front. Tous les yeux sont rivés sur moi.

18h32

Max : HA ! HA ! HA ! HA ! HA ! HA ! HA ! HA ! HA ! HA !

Moi (dans ma tête) : Je vais me réveiller, je vais me réveiller, je vais me réveiller.

Nicolas me prend la main sous la table. J'ai l'impression que mon cœur va bondir hors de ma poitrine. Pas parce que Nicolas me fait de l'effet, mais parce que tout tourne de travers.

19 h 30

Je suis sur le canapé du sous-sol de Nicolas, avec Nicolas, et son frère est un peu plus loin, assis dans un fauteuil. Nicolas me dit :

– C'est stressant, hein, de rencontrer les parents officiellement ?

Moi : Ouais…

Nicolas : Comme ça… tu m'aimes… p.q.t.m. ?

Moi : C'était une façon de parler.

Nicolas : Est-ce que c'était ça que tu voulais me dire ?

Moi : En fait…

Nicolas : Moi aussi je t'aime… p.q.t.m.

Alors que mon cerveau s'est remis à faire « titilititi » de façon incontrôlable et qu'attirée par l'odeur de bon assouplissant de Nicolas je me suis laissé emporter par l'élan de vouloir l'embrasser, je n'ai pas remarqué que Max avait allumé la télé et qu'en zappant, il était tombé sur MusiquePlus.

Max : Hé ! On dirait que c'est toi à la télé, Aurélie !

Nicolas : C'est vrai !!! C'est toi à la fenêtre ! Avec Kat ! Et le mec, c'est ton voisin ?

Moi : Hein ? ! ? Euh… Changez de chaîne ! Je suis gênée de me voir à la télé ! C'est pas cool !

Nicolas : Non, je veux voir, c'est trop drôle !

Alors que je saute par-dessus Nicolas pour attraper la télécommande des mains de Max, on voit clairement (à l'arrière-plan) Tommy me parler, moi le regarder intensément (alors que je ne faisais qu'écouter attentivement ce qu'il me disait, politesse oblige) et, alors qu'on s'embrasse (un moment qui n'a duré dans la vie qu'une fraction de seconde), le cameraman (voici tout ce que je pense de lui : &? %$#@ !) tourne sa caméra vers le plafond des studios de MusiquePlus, ce qui nous fait complètement rater le moment crucial de la scène avec Tommy, c'est-à-dire celui où je le repousse vivement, que Kat l'engueule comme du poisson pourri, qu'elle me prend par la main et qu'on se sauve. Nicolas n'a rien pu voir de *tout ça*.

Note à moi-même : toucher du bois est une superstition ridicule qui ne sert à RIEN et/ou la mélamine ne compte vraiment pas pour du bois et aggrave le problème.

Bon ! Voilà autre chose ! Je crois que ma mère ne comprend plus le français. J'étais dans mon lit, avec un vieux nounours dans les bras et Sybil couchée à mes pieds, tous mes draps remontés par-dessus la tête (comme toute personne normalement déprimée qui ne veut pas voir ses meubles porte-malheur) et j'avais précisé à ma mère, si jamais Tommy appelait ou se présentait, de faire comme s'il n'existait pas et j'avais ajouté que je ne voulais pas le voir et que c'était très sérieux. Tout à coup, ma mère frappe à ma porte de chambre, et l'ouvre en disant :

– Quelqu'un veut te parler.

Dans l'embrasure de la porte, j'aperçois Tommy avec sa guitare dans le dos. Si jamais un jour ma mère refuse de signer un de mes bulletins parce qu'elle a trop honte de mes notes, je vais pouvoir lui dire que les problèmes de compréhension de certaines notions sont totalement HÉRÉDITAIRES !

Avant de le laisser entrer de SON plein gré dans MA chambre, elle me chuchote :

– Il a vraiment l'air de se sentir mal.

Je plisse les yeux en signe de colère envers ma mère et me tourne dans mon lit pour ne pas voir Tommy.

Tommy : Laf… Aurélie, je m'excuse… Je fonce, pis je pense après. La première fois que je t'ai vue, j'ai comme eu un coup de foudre. Je te trouve super géniale. Je pensais que tu m'avais fait croire que t'avais un petit copain pour ne pas que je tripe sur toi…

Moi : Le pire, c'est que ça aurait vraiment été mon genre.

Tommy : T'es ma voisine et je ne voudrais pas qu'on se dispute. Je veux vraiment être ton ami.

Moi : On s'est disputés.

Tommy : Oui, mais je veux vraiment me réconcilier. Je te promets que je n'essaierai plus jamais de t'embrasser.

Moi : Avec Nicolas. Mon petit copain « non inventé ». On s'est disputés.

Tommy : À cause de moi ? Oh non ! Je vais aller lui parler si tu veux.

Moi : Non… J'ai essayé de lui expliquer. Mais il dit que… T'sais, je crois que t'avais raison. Je suis quelqu'un qui me protège beaucoup. Mais je croyais qu'avec lui…

Tommy : J'aimerais faire quelque chose pour me faire pardonner.

Moi : Pas la peine.

Tommy : Je veux vraiment faire quelque chose pour toi.

Moi : Hum… OK. J'aimerais que tu dises à Kat que tu ne mangeras plus jamais de cheval et que tu le fasses pour de vrai.

Tommy : Je pensais plus à quelque chose du genre faire une corvée ou encore te chanter une chanson. C'est que… c'est vraiment bon, le cheval.

Moi : C'est ça ou rien.

Tommy : OK, je ne mangerai plus de cheval.

Moi : Et t'excuser auprès de Kat.

Tommy : Et m'excuser auprès de Kat. Et de toi… Je m'excuse vraiment.

15 h 3

Je suis maintenant assise dans mon lit, toujours avec le nounours dans les bras. Je n'ai pas enlevé mon pyjama de la journée et j'ai les cheveux en pétard. Tommy est assis au pied de mon lit et fait danser les pattes de Sybil, ce qui me fait rire parce que Sybil n'a pas du tout l'air d'aimer la danse hip-hop que Tommy lui fait faire. Puis ma mère frappe à ma porte de nouveau, l'entrouvre et, avec un visage de malaise absolu, dit :

– Quelqu'un veut te parler.

Et Nicolas entre, alors que je ris avec Tommy.

La tension qu'il y a dans ma chambre à ce moment-là est à couper au couteau. C'est épouvantable ! J'ai l'impression qu'un boulet de canon m'a traversée.

Hier, 20 h 10

Après qu'on m'a vue embrasser Tommy à la télé, Nicolas est resté sans voix pendant que son frère riait et lui lançait des répliques assassines dignes de son idole Brice de Nice. Moi, je répétais : « Nicolas, je voulais te le dire, mais je n'ai pas trouvé de bon moment... » J'ai insisté sur le fait que j'avais essayé de repousser Tommy et tout, mais il m'a dit qu'il préférait que je m'en aille parce qu'il voulait réfléchir. Alors que je m'en allais, j'ai vu Max faire le signe de « cassage » de Brice de Nice, sans parler. Il fendait l'air de haut en bas en diagonale avec sa main droite lorsque je me suis retournée et que j'ai dit d'un ton tranchant :

– Dis, Max, tu l'as regardé combien de fois, *Brice de Nice* ?

Max : J'sais pas. Une cinquantaine.

Moi : T'as du mal à comprendre l'histoire ou quoi ?

Je n'ai pas eu besoin de dire que je l'avais cassé. Il a simplement arrêté de fendre l'air avec sa main et d'afficher son petit sourire arrogant. Je ne sais pas trop pourquoi, mais quand je suis en présence de fans de Brice de Nice, les reparties viennent spontanément. À moins que ce soit parce que je me sens envahie par la colère. Ou que le mauvais sort de reparties qui arrivent cinq heures en retard soit rompu ?

Retour à aujourd'hui, 15 h 4

Mais voilà, à cause de ma mère, Tommy est dans ma chambre, en train de me faire rire, alors que Nicolas vient sûrement m'annoncer qu'il m'aime et qu'il est désolé d'avoir surréagi au fait qu'un garçon m'ait embrassée contre mon gré. Nicolas regarde Tommy, qui me regarde pendant que je regarde Nicolas.

Tommy se lève et dit :
– J'étais venu m'excuser. Ta copine ne veut rien savoir de moi. C'est toi qu'elle aime.

Nicolas ne dit rien. Puisqu'il regarde toujours Tommy, j'en profite pour peigner un peu mes cheveux avec mes doigts.

Tommy dit : « Bye, Laf. » Et il sort de ma chambre.

Nicolas : Laf ?

J'arrête de peigner mes cheveux avec mes doigts avant qu'il me regarde.

Moi : C'est… un surnom.

Nicolas : Ah.

Moi : Je te jure, je l'ai repoussé.

Nicolas : Tu n'es pas fâchée contre lui ?

Moi : Si... Mais il s'est excusé.

15 h 49

Après une looooongue explication, Nicolas m'a dit qu'il serait con de ne pas me pardonner si moi j'ai réussi à pardonner à quelqu'un qui m'a embrassée contre mon gré. Ouf. Malgré tout, il est reparti la mine basse et je n'arrive pas à me sentir survoltée comme chaque fois que je suis avec lui. On dirait qu'il y a quelque chose de brisé. Et je me sens mal.

15 h 52

Et je sais très bien qui engueuler : MA MÈRE ! J'avais dit que je ne voulais pas voir Tommy et elle l'a fait entrer. Et là, Nicolas est venu, ce qui était mon rêve le plus fou, et ça a tout gâché ! Ma mère s'est confondue en excuses et m'a promis de ne plus se mêler de mes affaires. (J'ai vérifié derrière son dos pour m'assurer qu'elle ne se croisait pas les doigts, car j'avais du mal à la croire.)

16 heures

J'étais dans ma chambre en train d'étudier (lire une BD cachée dans mon livre de maths) quand ma mère est venue me demander si j'avais besoin de son aide pour faire mes devoirs. J'ai dit non (les BD sont assez faciles à comprendre), et elle est repartie. Puis elle est rentrée de nouveau pour me dire que je devrais m'habiller. Je lui ai répondu que, comme j'avais passé la journée en pyjama, ça ne valait pas la peine de m'habiller maintenant puisque j'aurais à me changer de nouveau dans quelques heures à peine. Elle a pointé mon livre de maths avec son nez et elle a dit : « C'est les maths qui te rendent logique comme ça ? » Et j'ai seulement souri en guise de réponse.

Lundi 3 avril

Je suis très stressée. Je pense que c'est à cause des oiseaux. Depuis que le printemps est arrivé, ils me réveillent chaque matin avec leurs gazouillis super énervants. On dirait que les oiseaux ont été mis sur la planète pour me déranger ! Je ne comprends d'ailleurs pas pourquoi certaines personnes les trouvent si beaux.

Moi, je trouve ça laid, les oiseaux. Ils me réveillent le matin et, quand je marche dans la rue, ça arrive souvent qu'un pigeon me fonce dedans. On n'apprend pas à voler quand on est un oiseau ? Je déteste les oiseaux ! Ils gâchent mes matins, mes promenades dans la rue et mon existence au complet !

Mardi 4 avril

Tout le monde à l'école m'a vue à MusiquePlus. Justine et Marilou ont trouvé ça « super cool », mais « un peu vache pour mon mec », d'autres filles ont entendu la rumeur que j'étais maintenant animatrice à MusiquePlus et non simplement une fille qui regarde par la fenêtre et qui se fait embrasser par mégarde. Et des filles de première sont même venues me demander un autographe, car elles croyaient que je faisais partie d'une télé-réalité. Là, j'avoue que j'ai regardé Kat et qu'elle a haussé les épaules, l'air de dire : « Signe, qu'on en finisse. » Le médium télé est fascinant. Sitôt qu'on y fait n'importe quelle connerie, on se met à exister. Je trouve ça débile. Et nul. Et con. Et stupide. Si je le pouvais, je remonterais dans le temps et je changerais tout !

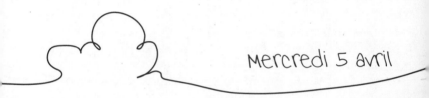

Mercredi 5 avril

C'est maintenant au tour du chewing-gum de gâcher mon existence ! Particulièrement les mâcheurs de chewing-gum qui le jettent dans la rue ! 1) Ce n'est pas biodégradable, et 2) MARCHER SUR UN CHEWING-GUM EST LA PIRE CHOSE QUI PUISSE ARRIVER À UN ÊTRE HUMAIN ! (Bon, évidemment, tout est relatif…) Aujourd'hui, j'ai marché sur un chewing-gum et je n'ai pas réussi à le retirer de ma chaussure DE TOUTE LA JOURNÉE ! Si bien qu'à chaque pas, ma chaussure gauche restait un peu collée par terre, ce qui me rendait trop consciente de ma démarche et qui me stressait au plus haut point. Quand on marche, on n'est pas supposé être conscient de chacun de ses pas, c'est très aliénant !

Jeudi 6 avril

François Blais, le nouveau petit ami de ma mère, m'énerve ! Il n'a aucune notion de politesse ! J'appelle François Blais « M. Blais » et je le vouvoie, comme tout être humain bien élevé, mais il n'arrête pas de me dire de l'appeler François et de le tutoyer. Il m'a dit ça au moins un million de fois. Son manque de connaissances en matière de politesse n'aide en rien sa cause ! Je tiens encore plus à conserver une certaine distance entre nous, et à prouver une fois pour toutes qu'il se cache – sous ses airs de petit ami parfait – un vilain digne des bandes dessinées.

K at pense que je suis stressée à cause de Nicolas, et non à cause des oiseaux, de ma nouvelle popularité causée par mon baiser diffusé, du chewing-gum et de François Blais. Je pense qu'elle a très peu de connaissances en matière de psychologie et qu'elle devrait conserver ses théories pour elle. Pfff! Comme si j'étais stressée à cause de Nicolas qui m'a pardonné et qui ne m'a pas appelée depuis la dernière fois seulement parce qu'il est très *occupé*. Après tout, il y a l'école et son travail à temps partiel à l'animalerie. Ce n'est certainement pas sa faute si une golden retriever a eu une portée et qu'il a dû travailler un petit peu plus! (Mon hypothèse personnelle.) J'ai dit à Kat d'avoir un peu plus de compréhension pour les gens qui travaillent à temps partiel.

Samedi 8 avril

J'ai le cœur brisé. Et quand je marche dans la rue, on peut l'entendre, comme de la petite monnaie qui fait shling shling dans des poches de pantalon. Sauf qu'au lieu de faire shling shling, ça fait crack crack, bing bang.

Tout a commencé quand Nicolas m'a invitée à aller au parc. J'étais toute contente (stressée), me disant que je m'étais inquiétée pour rien (quelque chose) et (mais) que Nicolas et moi, c'était du solide (mou comme de la guenille à cause de l'événement MusiquePlus).

De 14 h 7 à 14 h 39

Nicolas a dit plein de phrases incohérentes. Il parlait

avec un débit rapide et il semblait se sentir mal. Il m'a raconté que Raphaël l'avait « cassé » toute la semaine avec le fait que sa copine ait été vue à la télé avec un autre garçon.

JE DÉTESTE BRICE DE NICE ! (Même si le film me fait beaucoup rire, surtout le passage où il se fait péter le nez ! Ha ! ha ! ha ! Oups.)

14h39

Moi : Oui, mais c'était un a-c-c-i-d-e-n-t !
Nicolas : Je sais...
Moi : Tommy a été vraiment con, mais il m'a juré qu'il ne le refera plus !
Nicolas : Tommy...
Moi : C'est juste un ami. Même pas un ami, un voisin !
Nicolas : Comment tu te sentirais si j'étais ami avec une fille qui m'a embrassé de force ?
Moi : Ben franchement, t'es capable de te défendre !
Nicolas : Tu te sentirais bizarre ?
Moi : Ça ne pourrait pas arriver ! T'es plus fort qu'elle ! Qui veut t'embrasser ? Si je la vois, je lui...
Nicolas : Tu vois !
Moi : Hum... Mais si ça arrivait parce que t'étais dans un moment de faiblesse... genre tu découvres que t'es diabétique et t'es dans un moment où ton taux

d'insuline a chuté et que t'es sans défense, en pleines convulsions avec de la bave qui te sort de la bouche et que là, une fille t'embrasse, je trouverais la fille très conne de ne pas t'avoir donné un bonbon, mais je comprendrais que c'était un moment où tu ne pouvais rien faire.

Nicolas (il rit, bon signe) : Aurélie… t'es géniale. Je t'aime, mais…

Moi : Pas de « mais » ! S'il te plaît, pas de « mais ».

Nicolas : Mais je ne peux pas t'empêcher de voir Tommy. Ce serait con… Comme si tu m'empêchais de voir la fille qui m'aurait embrassé en pleine crise si jamais j'avais du diabète !

Moi : Ouais.

Nicolas : Mais… En plus, c'est passé à la télé. Plein de monde t'a vue.

Moi : Si ça n'était pas passé à la télé…

Nicolas : Me l'aurais-tu dit ?

Moi : Bien sûr ! J'ai passé tout un mois à mentir à ma meilleure amie et j'ai décidé de ne plus vivre comme une Drôle de dame !

Nicolas : Je veux juste dire que… je vais m'ennuyer de toi. T'es la fille la plus tripante…

Moi : Tu pars en voyage ?

Nicolas : C'est juste que… Je ne peux pas continuer. Avec toi.

Moi : Est-ce que c'est à cause de ce que j'ai dit à ton frère l'autre jour ? Je peux m'excuser…

Nicolas : Non ! En passant, tu l'as tellement mouché qu'il ne casse plus personne. Hier, Raphaël est même venu chez nous et il voulait faire une partie de « cassage » avec mon frère et Max lui a dit que ça ne le tentait pas.

Moi : Ah, ouais ?

Nicolas : Je sais que je vais trouver ça dur, mais…

Moi : Qu'il ne casse plus personne ?

Nicolas : Non… De ne plus te voir. Je vais trouver ça dur…

Moi : Tu peux arrêter là. *Tu* vas trouver ça dur, et *moi*, je vais trouver ça dur, alors, on a juste à se voir encore et personne ne va trouver ça dur.

Nicolas : Cette histoire avec Tommy… J'ai passé la semaine à y penser et…

Moi : T'as passé la semaine à penser à ça ? Mais pourquoi tu ne m'as pas appelée ? On aurait pu en parler !

Nicolas : Aurélie, je suis juste… pas capable.

Je regardais Nicolas et je ne savais pas trop quoi ajouter. Je sentais sa bonne odeur d'assouplissant et j'essayais d'en prendre une grande sniffée en me disant que j'espérais que c'était comme ça qu'il se sentait juste en ce moment, mais que tout allait changer demain. Puis, au moment où j'allais dire je ne sais même pas quoi, quelque chose de mou et de gluant a coulé sur mon visage. J'ai mis ma main dessus pour voir ce que c'était et ouaaaaaaaaaaaaach ! C'était une crotte d'oiseau !

JE DÉTESTE LES OISEAUX ! ILS SONT JUSTE CONS ! ET ILS N'ONT AUCUNE ÉTHIQUE EN MATIÈRE DE DÉFÉCATION !

Nicolas a dit :
– Attends, j'ai un mouchoir.
Je l'ai trouvé très gentleman de ne pas éclater de rire, c'est sûrement ce que j'aurais fait si c'était arrivé à quelqu'un en face de moi. Mais Nicolas n'est pas comme ça. Il est super. Il est génial. Il est… toutes les qualités du monde ! Sauf qu'il a cassé. Je suis partie en courant avant qu'il me voie pleurer.

Je sais comment aider une amie à se remettre d'un chagrin d'amour, mais je ne sais pas comment m'aider, moi, à m'en remettre. J'ai bien cherché dans d'anciennes éditions de *Miss Magazine*, mais je n'ai rien trouvé. Je pourrais peut-être les appeler pour leur suggérer d'écrire un article là-dessus ?

Conversation (hypothétique) avec la rédactrice en chef de *Miss Magazine* :

– Oui, bonjour, je m'appelle Aurélie Laflamme, j'ai quatorze ans, bientôt quinze, et j'ai un chagrin d'amour et malheureusement, je n'étais pas abonnée à votre magazine quand vous en avez parlé dans vos pages. Pourriez-vous s'il vous plaît faire un article là-dessus, j'en aurais vraiment besoin. Je suis prête à vous donner tout mon argent, 29,35 dollars. J'en avais un peu plus, mais cette semaine, je me suis acheté deux muffins au chocolat à la cafétéria de l'école. Je crois que c'est l'approche de Pâques qui me donne autant envie de manger du chocolat. D'ailleurs, vous pourriez aussi faire un article sur l'envie du chocolat qui augmente en période de stress.

Je me demande à partir de quel mot elle me raccrocherait au nez. « Bonjour » ?

10 h 16

J'ai relu l'article « Comment aider une amie en plein chagrin d'amour ? ». Bon, au moins je sais que je traverserai cinq étapes importantes avant d'oublier Nicolas : le déni, la colère, la culpabilité, la tristesse et l'acceptation. Vive *Miss*. Hourra. (Je manque d'enthousiasme parce que c'est le genre d'apprentissage que j'aurais aimé *éviter* de faire.)

11 h 32

Kat n'en revient pas que Nicolas ait cassé. Elle m'a proposé d'aller lui péter la gueule. J'y ai réfléchi pour la forme, mais la violence n'arrange rien (sauf envers les oreillers, que je frappe avec vigueur depuis quinze minutes).

11 h 35

J'ai expliqué à Kat que le pire dans toute l'histoire, ce n'est pas que Nicolas ait cassé, mais qu'il ait cassé juste avant qu'un oiseau fasse caca sur ma tête. Je trouve épouvantable que la dernière image que Nicolas ait de moi soit celle d'une crotte.

Midi

Kat me parle de trucs qu'elle a utilisés pour se remettre de son chagrin d'amour avec Truch. À la façon dont elle dit son nom, j'ai l'impression que son chagrin d'amour n'est pas réglé et j'en viens à penser que ce sera long avant que j'oublie Nicolas, qui est cent millions de fois mieux que Truch.

13 h 11

Kat est revenue avec un paquet de Dragibus en me disant qu'il n'y avait plus de Tagada à l'épicerie.

Je crois que ma vie ne pourrait pas être pire.

L'école n'est pas un endroit pour vivre ses émotions. Il faut que j'améliore mes résultats scolaires. Je suis un soldat ! Tambours ! Trompettes ! Fanfare d'armée ! Personne ne saura à quel point je souffre intérieurement ! J'aurai les meilleures notes de l'école. Je vais étudier à travers mes larmes. Aucune émotion ne paraîtra. Je serai considérée comme une héroïne de guerre !

Laurent Giroux nous a donné un test-surprise à faire en géo. Je me suis plantée. Raison : j'étais incapable de me concentrer parce que je n'arrêtais pas d'imaginer la dernière image que Nicolas a de moi, c'est-à-dire mon visage recouvert d'une crotte d'oiseau gluante qui dégouline. Totalement dégueu ! Ce n'est pas grave. Je suis un soldat ! Je vais me reprendre au prochain test. Compagnies, char-gez ! Taratatataratata ! Je tire sur mes émotions pour les anéantir. Taratatataratata !

Je suis fâchée contre Google ! J'ai cherché : « Comment surmonter mon chagrin d'amour avec Nicolas Dubuc ».

On m'a répondu : « Essayez avec cette orthographe : Comment surmonter *le* chagrin d'amour avec Nicolas Dubuc ».

Mais il n'y avait aucun endroit pour cocher « oui ». J'ai quand même cliqué sur cette proposition et on m'a donné l'adresse de plein de sites qui n'ont aucun rapport avec un chagrin d'amour concernant Nicolas Dubuc, ce qui m'aurait énormément aidée.

J'ai alors cherché : « Comment changer l'image que notre ex a de nous si un oiseau nous a fait caca dessus pendant qu'il nous largue » et on m'a répondu : « Comment changer l'image que notre ex a de nous si un oiseau nous a fait caca dessus pendant qu'il nous largue – aucun document ne correspond aux termes de recherche spécifiés. »

Je crois que Google est un moteur de recherche *vraiment* surestimé !

16 h 43

Kat m'a dit d'arrêter d'être obsédée par la crotte d'oiseau. Que ce n'est pas important.

Moi : Ah oui ? Comment tu te sentirais si la dernière image que Truch avait de toi, c'est ton visage taché de crotte d'oiseau gluante ?

Kat : Hum…

Moi : C'est ce que je disais.

Là, Kat, totalement insensible à ma peine, a éclaté de rire. Meilleure amie, mon œil !

18 heures

Après avoir expliqué à Kat que « meilleure amie » est un titre qui se mérite, Kat s'est excusée d'avoir ri. Mais en m'expliquant son point de vue, elle a éclaté de rire de nouveau, réussissant à me faire rire de la voir pliée en deux.

19 heures

HA ! HA ! HA ! HA ! HA ! HA ! HA ! HA ! HA ! HA ! DE LA CROTTE D'OISEAU ! HA ! HA ! HA ! HA ! HA ! HA ! C'est la PIRE rupture au

MONDE ! HA ! HA ! HA ! HA ! HA ! HA ! HA !
HA ! HA ! HA !

Jeudi 13 avril

Finalement, je crois que mes recherches sur Google
et ma conversation avec Kat ont porté leurs fruits.
Je suis surprise de constater que tout se passe très bien.
Je n'ai plus de peine du tout. Peut-être que Google a
un effet magique. Les adresses de sites qu'on m'a don-
nées étaient peut-être codées pour changer les circuits
de tristesse dans mon cerveau en circuits de maturité,
de bonheur et de joie. J'arrive même à prendre tout ça
avec humour. Je n'en reviens pas de voir à quel point je
compose aussi bien avec les événements. Mon chagrin
d'amour aura duré quoi ? Quatre jours et demi ? Et dire
que Kat a souffert pendant des mois ! Elle ne sait pas
aussi bien que moi comment gérer ses émotions. Wow !

Quelle technique ! Je ne pense même plus à Nicolas, c'est comme s'il n'avait jamais existé.

Première étape expérimentée : le déni

J'AVOUE ! J'ai menti quand j'ai dit que je ne pensais plus à lui. J'essayais simplement de faire du renforcement positif. D'envoyer comme message à mon cerveau que je ne pensais plus à lui. Je pensais que ça marcherait. Mais non. Je n'arrête pas de penser à Nicolas. Je voudrais juste que la dernière image qu'il ait de moi soit mon vrai visage. Et non un visage avec du caca d'oiseau. Il me semble que c'est normal, non ? Comme ça, s'il pensait à moi, il aurait une belle image. Pour l'instant, si jamais il regrette d'avoir cassé, il repensera à moi avec le caca et il trouvera ça tellement dégueulasse qu'il pensera à autre chose. Merde ! (Sans vouloir faire d'humour, puisque je ne trouve pas ça drôle du tout.)

Vacances.

Dimanche, c'est Pâques. Kat est partie à l'autre bout du monde dans sa famille. J'ai envie d'appeler Nicolas. Je pourrais l'appeler, juste pour lui souhaiter « joyeuses Pâques ». Il trouverait ça gentil de ma part. Pâques, c'est une fête importante, non ? Et là, je pourrais lui proposer qu'on se voie, juste pour se dire un vrai adieu. En bonne et due forme. Loin des oiseaux. C'est une excellente idée !

11 heures

Au moment où je me prépare à composer son numéro, le téléphone sonne. C'est Tommy.

Tommy : Laf ! Qu'est-ce que tu fais aujourd'hui ?

Moi : Euh… J'appelle… Je fais des appels.

Tommy : À qui ?

Moi : Personne. Tout le monde. Ça dépend.

Tommy : Tu veux appeler ton ex ?

Moi : Non, non.
Tommy : OK, appelle-moi quand t'auras fini.
Moi : Non, j'ai besoin de... d'être seule.
Tommy : Oh ! Allez ! Viens au parc.
Moi : Est-ce que les marguerites sont sorties ?

11 h 38

Au parc.
Les marguerites ne sont pas sorties. Mais Tommy est allé m'en acheter chez un fleuriste pour me convaincre de le suivre au parc. Il a fait ça soit par a) culpabilité, ou b) total opportunisme pour ne pas aller seul au parc.

11 h 51

Pendant que Tommy joue de la guitare, j'enlève les pétales un à un en pensant : « Il m'aime, il ne m'aime pas » (Nicolas, pas Tommy). J'ai séparé les marguerites sans pétales en deux piles. La pile « il m'aime » (qui est plus grosse, yes !) et la pile « il ne m'aime pas » (que je vais jeter à la poubelle en partant d'ici). Si, à la fin de la journée, il y a plus de marguerites m'ayant annoncé que Nicolas m'aime encore, je vais l'appeler. Si c'est le contraire, je ne l'appellerai pas.
Tommy : Oublie-le !
Moi : Qui ça ?
Tommy : Nicolas.

Moi : Pfff ! Je l'ai oublié ça fait longtemps.

Tommy : Tu fais « il m'aime, il ne m'aime pas ».

Moi : Non ! Je l'ai dit tout haut ?

Tommy : Allez !

Il défait ma pile « il m'aime », ce qui me fait un coup au cœur.

Moi : T'as tout gâché !!!

Tommy : C'est juste une pile de marguerites sans pétales.

Moi : Tout est ta faute, Tommy Durocher ! Je te souhaite juste qu'un oiseau fasse caca sur ta guitare !

Dimanche 16 avril

Chocolats que j'ai reçus en cadeau :
• Une tortue de ma mère.
• Une poule de mes grands-parents Charbonneau.
• Des œufs en tout genre de mes oncles et tantes.

• Un immeeeeeense lapin de ma grand-mère Laflamme.
• Une trousse de maquillage en chocolat de François Blais (qui se croit sans doute original).
• Un minou de Tommy (avec une carte me disant qu'il mettra lui-même du caca d'oiseau sur sa guitare si c'est ce qu'il faut pour que je lui pardonne).

Je n'ai par contre rien pu avaler parce qu'une boule de tristesse de la taille d'un melon bloque mon œsophage. (Devrais-je aller consulter un médecin ?)

21 heures

Ma mère était au téléphone (sûrement avec François Blais, ou plutôt, Diabolo-Man, comme je me plais à l'appeler secrètement depuis quelque temps) quand je suis allée la rejoindre dans sa chambre au summum de ma déprime. Je ne sais pas comment elle est parvenue à comprendre un seul mot de mon histoire, tellement elle était parsemée de sanglots. Si ça se trouve, elle pense simplement que je suis en hyperglycémie après avoir mangé tout ce chocolat. Malgré tout, elle m'a écoutée avec attention en caressant doucement mes cheveux avant de me dire :
– Je sais que tu as de la peine, cocotte, mais tu vas voir, le temps arrange les choses.

Au téléphone avec Tommy.
Moi : Merci pour le chocolat.
Tommy : Merci de m'avoir appelé pour me dire merci.
Ça te tente de venir écouter de la musique ?
Je me suis dit que je ferais peut-être mieux de pardonner à Tommy. Kat partant tout l'été au camp, ça me fera un ami avec qui passer le temps. Comme c'est le cas aujourd'hui.

Le problème, avec Tommy, c'est que je suis incapable de rester fâchée contre lui. J'aurais bien aimé que Nicolas soit capable de ne pas être fâché contre moi.

Deuxième étape expérimentée : la culpabilité

Tout est ma faute. Tout est ma faute. J'aurais dû ne pas aller à MusiquePlus et étudier. C'est l'école qui est importante. Pas d'aller regarder aux fenêtres d'un studio de télé. Mais non ! Pas capable de rester tranquille deux secondes et de se mettre le nez dans ses livres. Il faut que madame aille en ville mettre son nez aux fenêtres d'une station de télé. Très intelligent. Bravo ! Je suis la fille la plus débile du monde ! Je mérite que Nicolas ait cassé. J'aurais fait pareil !

Note à moi-même : se cogner la tête contre un mur peut être douloureux et ce geste peut se révéler troublant pour votre chat qui vous regardera d'un air intrigué (constatation selon expérience personnelle).

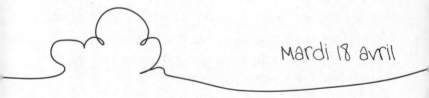

Mardi 18 avril

C'est la PIRE journée de ma vie. (Les profs, eux, appellent ça plutôt la journée des vaccins, je suppose que ça dépend du point de vue et/ou de quel côté de l'aiguille tu te retrouves.) Plein d'infirmières viennent à l'école pour nous vacciner contre toutes sortes de choses comme le tétanos et d'autres maladies, mais j'ai arrêté d'écouter après « tétanos ».

14 heures

Je déteste les piqûres.

14h2

Je fais la queue pour attendre ma piqûre, mais je laisse passer d'autres filles devant moi, par politesse. J'ai vraiment été bien élevée.

Note à moi-même : penser à remercier ma mère pour ma bonne éducation.

14h3

Un prof de quatrième vient me dire d'arrêter de faire passer des filles devant moi, que mon tour viendra de toute façon. Ça a piqué mon orgueil.

14h5

L'infirmière prend mon bras de façon machinale, soulève ma manche, et elle approche sa grosse aiguille. Je retire mon bras.

Infirmière : Laisse ton bras mou, ça ne fera pas mal.

Moi : Scusez, scusez. C'est l'appréhension de la douleur. Selon une étude, l'attente de la douleur fait aussi mal que la douleur elle-même. J'ai appris ça en bio.

Infirmière : Ça ne fera pas mal, c'est comme une piqûre de mouche.

Elle essaie encore une fois et je retire mon bras de nouveau.

Moi : Scusez ! J'ai peur que ça fasse mal.

Infirmière : Tu ne dois pas aimer les piqûres de mouches, toi !

Moi : Euh… Non, pas particulièrement. Est-ce qu'il y a des gens qui *aiment* ça ?

Ouille ! Pendant que je parlais, elle en a profité pour me piquer. Je pense qu'elle voulait me punir pour lui avoir répondu quelque chose de particulièrement sensé. Franchement ! Comme si on disait : « Yé, enfin ! Une mouche m'a piquée ! »

Alors que je me tordais de douleur, elle a crié : « Suivante ! », et j'ai éclaté en sanglots devant l'infirmière qui cherchait désespérément un prof responsable du regard.

14 h 35

Dans le bureau de Denis Beaulieu, après ma scène (très bébé) dans le local d'études où se faisaient les vaccins.

Denis Beaulieu : Qu'est-ce qui se passe Aurélie ?

Moi : Je déteste les piqûres !

Je me touche le bras au niveau de la piqûre et je le lâche aussitôt que je constate que ça fait encore plus mal quand on y touche.

Denis Beaulieu : À ce point-là ?

Moi : Oui…

Denis Beaulieu : Veux-tu me dire la vérité ? Est-ce que c'est parce que tu sens que j'ai exercé trop de pression avec tes cours ? Je fais ça parce que je crois en ta réussite scolaire.

Moi : Non…

J'allais prendre machinalement un élastique qui traînait sur son bureau, mais il l'a attrapé avant moi et l'a mis dans son tiroir.

Denis Beaulieu : Laurent Giroux m'a pourtant dit que tu avais loupé un test en géographie.

Moi : Oui, mais…

Denis Beaulieu : Il faut que tu te reprennes en main et que tu continues le bon travail que tu fais depuis quelques semaines. Peu importe ce qui ne va pas, je peux peut-être t'aider, tu sais.

Là, j'ai craqué :

– Chagrin d'a-a-a-a-a-a-a-a-amo-ou-ou-ouou-ou…

Denis Beaulieu : Chagrin d'amour ?

Moi : Ouiiiiiii-i-i-i-i-i !!

Je prends un mouchoir sur son bureau pour m'essuyer les yeux et me moucher.

Denis Beaulieu : Essaie de trouver des moments pour penser à ton chagrin et d'autres pour étudier.

Moi : Avant, j'étais capable de faire ça, mais plus maintenant. Je ne sais plus comment redevenir comme avant.

Denis Beaulieu : Comme avant ?

Moi : Comme avant, quand j'étais capable de respirer et de ne plus sentir mon cœur.

Denis Beaulieu : Je n'y connais rien, mais il me semble que c'est LA chose à ne pas faire.

Il fouille dans son bureau et me tend un dépliant de « On t'écoute », l'organisme qu'on peut appeler gratuitement pour parler de nos problèmes.

Moi : Non ! Je n'appellerai plus jamais là. Ils sont incompétents !

Denis Beaulieu : Prends le dépliant quand même, au cas où tu en aurais besoin. Écoute, je vais proposer à M. Giroux de te faire repasser ton examen. Ça te va ?

18 heures

Ma mère dîne avec François Blais (donc, moi aussi, par le fait même). Il me semble que j'entends des bruits énervants (dégueu) pendant qu'il mange. Je me demande vraiment pourquoi elle ne s'est pas intéressée à Denis Beaulieu. Il est vraiment gentil, lui. Bon, il sent un peu l'après-rasage, mais c'est un défaut qui se règle très facilement.

Troisième étape expérimentée : la tristesse

Han Han Han Han Han Han Han Han Han Han
Han Han Han Han Han Han Han Han Han Han
Han Han Han Han Han Han Han Han Han Han
Han Han Han.
Souffle.
Han Han Han Han Han Han Han Han Han Han
Han Han Han Han Han Han Han Han Han Han
Han Han Han Han Han Han Han Han Han Han
Han Han Han Han.
Souffle.
Han Han Han Han Han Han Han Han Han Han
Han Han Han Han Han Han Han Han Han Han
Han Han Han Han Han Han Han Han Han Han
Han Han Han Han.

En revenant de l'école, je ne peux m'empêcher de pleurer. Ça craint d'avoir un organe (le cœur) et de le sentir tout le temps. Je voudrais juste oublier qu'il est là. Ne plus le sentir. Ne plus rien ressentir.

16 h 13

En ouvrant mon livre de géo, je tombe sur le dépliant de « On t'écoute » donné par Denis Beaulieu. La dernière fois que je les ai appelés, je n'avais pas senti que la fille avait une grande expertise, mais il me semble que ma vie avait été vraiment mieux après.

16 h 15

Bof, je ne perds rien à les appeler. Ça sonne.
Bénévole de « On t'écoute » (une dame) : « On t'écoute », bonjour !
Moi : Bonjour… J'ai un chagrin d'amour, et j'ai besoin d'aide.

B. : Hu-hum… Je t'écoute.

Moi : Ben c'est tout. J'ai un chagrin d'amour. Qu'est-ce que je fais ?

B. : Tu as du chagrin ?

Moi : Je viens de dire que j'ai un chagrin d'amour ! Oui, j'ai du chagrin !

B. : Si tu te permets de vivre ton chagrin, tu te sentiras mieux avec le temps.

Moi : Comment ?

B. : Comment quoi ?

Moi : Comment je vis mon chagrin ? Je veux dire, j'ai l'école et tout. Et je suis mauvaise élève.

B. : Accorde-toi des moments où tu peux étudier et d'autres où tu peux te retrouver seule et vivre tes émotions.

Moi : Ah. C'est ce que mon directeur a dit.

B. : Pense à toi pendant ces moments difficiles en faisant des activités qui te plaisent et en t'entourant de personnes que tu aimes.

Dans le fond, je suis certaine que cette bénévole a lu *Miss Magazine* et qu'elle ne fait que répéter ce qu'elle a lu. J'ai moi aussi des *Miss Magazine*, non mais oh !

Moi : Avez-vous lu *Miss Magazine* ?

B. : Si c'est de lire *Miss Magazine* qui te fait du bien, lis-en. Tu y trouveras de l'information qui t'aidera à comprendre ce que tu vis ainsi que quelques trucs pour aller mieux.

Ha, ha ! Je le savais !

B. : Tu peux aussi trouver quelqu'un en qui tu as confiance qui pourra t'écouter et t'accompagner.

Moi : Ben... c'est pour ça que je vous ai appelée, genre.

B. : Et tu peux le faire en tout temps. Est-ce que je peux faire autre chose pour toi ?

Moi : Ben oui. Régler mon chagrin d'amour, c'est pour ça que je vous ai appelée.

B. : Je peux t'écouter et t'accompagner, mais je ne peux pas faire de la magie. Ça partira avec le temps. Ne t'en fais pas.

Le temps, le temps ! Je n'ai pas tant de temps que ça, moi ! Il faut que j'assure à l'école.

Moi : S'il vous plaît, madame. J'ai vraiment besoin d'aide. J'ai de la peine.

B. : Un chagrin d'amour se vit comme un deuil. Il y a cinq étapes...

Moi : Ouais, je le sais...

B. : Sois attentive à ce que tu vis. Chaque chose que l'on vit nous apprend quelque chose. Essaie de te focaliser sur le positif que cette situation t'apporte.

Moi : Il n'y a aucun positif ! J'ai perdu Nicolas !!! (Oups, il ne faut pas que je dise son vrai nom.) Euh...

Joe. (Je ne sais pas du tout pourquoi c'est ce nom qui m'est venu spontanément, ça ne lui convient pas du tout.)

B. : Je comprends que tu as de la peine. Connais-tu quelqu'un à qui tu peux te confier ?

Moi : Ma mère... Ma meilleure amie... Mon voisin, même s'il est la cause de mon malheur, il est gentil.

B. : Que veux-tu dire ?

Moi : Il m'a comme embrassée, et Nic... Joe l'a su.

B. : As-tu trompé ton petit ami ?

Moi : NON ! Il l'a fait CONTRE MON GRÉ !

B. : Tu sais qu'en tout temps tu dois dire NON quand une situation ne te convient pas.

Moi : C'est ce que j'ai fait, mais... Tom... mon voisin s'est excusé et ça s'est arrangé. Mais ensuite, mon copain l'a mal pris. Et il a cassé. Oh ! je m'en veux !

B. : Te rends-tu compte que tu as été malhonnête avec lui ?

Moi : Ben... non. J'aurais pu lui dire avant, mais... l'occasion ne s'est pas présentée. Comment je pourrais lui expliquer pour qu'il comprenne ?

B. : Il a son propre cheminement à faire. Tu ne peux pas l'obliger à comprendre ton point de vue. Respecte-le.

Moi : Et là, à l'école, j'avais commencé à m'améliorer, mais je ne sais pas comment je vais y parvenir maintenant que j'ai autant de peine que ça. Je veux réussir, mais je n'y arrive pas !

B. : Je comprends ce que tu ressens et que tu en as lourd sur les épaules. Tu as peut-être trop de pression, un peu dans tout. Accepte tes erreurs, autant à l'école que dans tes relations. Tu sembles être capable de le faire pour les autres, mais pas pour toi. Se tromper, ça fait partie de la vie. L'important, c'est d'apprendre de ses erreurs.

Moi : Ouais... Facile à dire. Euh... J'ai une dernière question. Quand Joe m'a quittée, un oiseau m'a fait caca sur la tête et ça me déprime que ce soit la dernière image qu'il ait de moi.

B. : La mémoire ne fonctionne pas comme ça. Allez, concentre-toi sur le positif dans ta vie et tout ira bien. Tu verras, le temps arrange les choses. Est-ce que je peux faire autre chose pour toi ?

Moi : Oui, euh... Pouvez-vous exterminer les oiseaux ?

Je crois qu'elle n'a pas pris mon excès de rage envers les oiseaux (très justifié selon moi) au sérieux puisqu'elle a répondu :

— Si tu ressens encore le besoin de parler, tu peux nous appeler en tout temps. Prends soin de toi !

Et elle a raccroché.

Espèce d'air bête !

16 h 34

J'appelle Kat.

Moi : Pendant ton chagrin d'amour, as-tu appelé « On t'écoute » ?

Kat : Oui.

Moi : Ils sont bêtes.

Kat : Non, ils sont super ! C'est grâce à eux que je m'en suis sortie.

Moi : Tu m'as dit que c'était grâce à moi !

Kat : C'est grâce à plein de choses. Je me suis focalisée sur le positif dans ma vie. Tu vas voir, fie-toi à mon expérience, le temps arrange les choses.

Moi : ARRÊTEZ DE DIRE ÇA !!!

Mardi 25 avril

Je ne parle pas à ma mère depuis quatre jours, sauf pour les choses essentielles du genre 1) j'ai faim,

2) c'est à mon tour d'utiliser la salle de bains, et 3) oui, oui, je vais faire la vaisselle. Ce qu'elle m'a dit est totalement révoltant, frustrant, et tous les mots en « ant » que je n'ai pas encore trouvés dans le dictionnaire ! Elle a dit (aaaaaaaaaaah !) qu'elle s'en allait (grrrrrrrrrrrrrr !) en France TOUT L'ÉTÉ avec François Blais ! Sur le coup, j'ai cru que j'y allais moi aussi, alors je n'étais pas encore fâchée et je me disais que, puisque Kat s'en allait un mois dans un camp d'équitation, je ne serais pas toute seule et que découvrir un nouveau pays serait très bon pour ma culture personnelle, mais ma mère a dit :
– C'est que... c'est un voyage d'affaires et on voulait en profiter pour... se connaître un peu plus.
Quand elle m'a dit ça, le plancher m'a avalée et je vis dans les catacombes depuis ce temps-là (formule imagée, je ne vis pas dans des catacombes *pour de vrai*. J'ai heureusement réprimé mon envie de rentrer sous terre *juste à temps*. Ouf).
Je n'en reviens pas qu'elle m'abandonne pour aller en France avec quelqu'un qu'elle connaît à peine. Bon, OK, elle travaille avec lui depuis des années, mais connaît-on vraiment les gens qu'on fréquente tous les jours ? Non ! On ne les connaît pas. Justine, par exemple, je la vois tous les jours à l'école, mais je ne sais pas quel est son plat préféré, ni quel est son film favori, ni quelle musique elle écoute en cachette. Bref,

elle pourrait être le diable en personne que je ne le saurais pas. Comment peut-on *deviner* ces choses-là ? Peut-être que François Blais emmène ma mère en France pour la vendre pour la traite des Blanches ! Ou comme geisha ! Bon, la France n'est pas réputée pour ça, mais son contact vit peut-être là-bas.

Ma mère pense que je n'ai pas à me fâcher parce que je vais passer l'été avec mes grands-parents Charbonneau… au camping ! Et que je vais avoir de la compagnie parce que je vais voir des cousins-cousines avec qui je n'ai aucune affinité. AU CAMPING !!! Je DÉTESTE le camping ! Je DÉTESTE le Winnebago de mes grands-parents. Et je vais être TOUT l'été avec eux ! Pendant que ma mère va se prélasser en France !

Quatrième étape expérimentée : la colère

TOUT LE MONDE M'ÉNERVE ! TOUT. LE. MONDE. Je voudrais juste déménager ! SUR UNE AUTRE PLANÈTE ! J'y suis déjà, on dirait, de toute façon, parce que personne ne me comprend ! Ma mère ne me connaît vraiment pas si elle croit qu'aller faire du camping avec un couple du troisième âge me fait plaisir ! OK, ce sont mes grands-parents et la famille est importante et bla-bla-bla. Mais elle s'inquiète très peu de MES goûts personnels. Et puis, tant qu'à y être,

Nicolas aussi m'énerve ! Pourquoi il est fâché contre moi au juste ? C'est moi qui devrais être fâchée contre lui d'être aussi bébé ! Je lui ai tout expliqué ! Tout ! Il est vraiment juste une espèce de jaloux ! Je lui ai dit que je l'aimais et je lui ai raconté toute la vérité. TOUTE ! Et puis, je ne veux pas être snob ou quoi que ce soit, mais qui tripe à ce point-là sur Brice de Nice à part son meilleur ami et son frère, deux personnes hyper importantes dans sa vie ? Hein ? Qui ? Per-son-ne ! Et vu que « qui se ressemble s'assemble », Nicolas n'est pas mieux qu'eux ! Ce n'est pas lui qui casse ! C'est moi qui casse !

P-S : Kat m'a fortement déconseillée d'appeler Nicolas pour casser, plusieurs jours après qu'il a lui-même cassé, sans quoi je passerais pour une folle finie (ce sont ses mots). Humph ! On est dans un pays libre !

P-S n° 2 – Pour les archives : J'ai écouté le conseil de Kat. Je n'ai pas appelé Nicolas. Mais il ne perd rien pour attendre !

Horreur ! Stupéfaction ! Épouvante ! Ahurissement ! Apportez-moi un sac en papier que je puisse hyperventiler sans risque !

J'ai fait des recherches sur Google sur la France et, à la plage, les femmes font du monokini !!!!!!!!!!!!!!!!!!!!!!!!! Ma mère va faire du monokini !!!!!!!!!!!!!!!!!! Ça veut dire qu'elle va se faire bronzer sans son haut de Bikini... LES SEINS NUS ! Je suis tellement hors de moi que je crois que je vais m'évanouir.

Espèce de Google qui n'est pas capable de m'aider à régler mon chagrin d'amour, mais qui peut m'annoncer que ma mère montrera ses seins à TOUT LE MONDE !

17h2

La vie ne me laisse vraiment aucun répit.

17h3

Ma mère... France, et son mec François s'en vont en...
France. Hi ! hi ! hi ! hi ! hi ! hi !

17h4

Non, je suis fâchée ! Pas question d'en rire !

**Étape floue expérimentée non décrite par *Miss
Magazine* : émotions mélangées de déni-tristesse-
colère-tristesse-culpabilité-tristesse**
Nicolas va m'appeler pour me dire qu'il m'aime et
qu'il regrette. Han han han han han. Tout le monde
m'énerve ! Han han han han han... Tout est ma
faute... Han han han han han. Je suis débile. Han
han han han han.

20 heures

J'appelle Kat pour me faire rassurer sur le phénomène
que je vis. Elle dit qu'elle a vécu la même chose. Tout
est sous contrôle. (Ce sont les mots de Kat et non
exactement comment je me sens, car ce serait plutôt
le contraire.)

J'ai cru que j'allais faire une crise cardiaque quand ma mère m'a dit :

– Il va falloir commencer à chercher un endroit où faire garder Sybil cet été pendant que tu seras au camping avec tes grands-parents.

Moi : Quoi ? ! ? !!!!! C'est hors de question !

Ma mère : Il y a des bons endroits où les animaux sont bien traités.

Moi : Tu ferais mieux de réserver une cage pour moi aussi parce que j'y vais avec elle !

Ma mère : Aurélie, sois raisonnable !

Moi : Je suis très raisonnable. Je n'abandonne pas Sybil un été complet ! Tu m'as dit que j'étais responsable d'elle et c'est ce que je suis ! Et ça ne concerne pas juste ses crottes dans la litière ! Ils me prennent avec Sybil ou pas du tout !

19 heures

Ma mère : Mes parents disent que c'est difficile de faire du camping avec un chat.

Moi : Je n'y vais pas. C'est tout.

Ma mère : Mais… J'ai appelé ta grand-mère Laflamme et elle accepte de te prendre avec Sybil. Elle est même contente ! Elle en pleurait de joie.

Moi : Pour de vrai ?

Ma mère : Oui.

Moi : Elle était vraiment contente ?

Ma mère : Elle adore les minous. Et elle t'adore.

Ma grand-mère m'adore ? Vu la grosseur du chocolat qu'elle m'a envoyé, j'en doute. Je crois plutôt qu'elle veut que j'EXPLOSE d'une surdose de cacao. Je vois déjà les gros titres dans les journaux :

Une ado de 14 ans explose

La victime, Aurélie Laflamme, quatorze ans, aurait avalé un chocolat géant que la présumée coupable, Simone Laflamme, lui aurait donné à Pâques. Une enquête de police suivra et nous serons alors en mesure de vous donner plus de détails sur ce drame dans les prochains jours.

19 h 3

Ma mère (qui continue) : Je ne veux pas dire que mes parents ne t'aiment pas, au contraire. C'est juste que…

Qu'est-ce que tu veux ? Ils ont la tête dure ! Un peu comme toi. Ne leur en veux pas...

Moi : Je ne leur en veux pas, je ne voulais juste pas partir sans Sybil. Déjà que je ne verrai personne que j'aime de l'été.

Ma mère : Je comprends, cocotte... C'est arrangé, maintenant.

Moi : Maman, quand je vais avoir quinze ans, vas-tu arrêter de me donner plein de petits noms ?

Ma mère : Je n'ai pas le droit de t'appeler pitoune, ni choupinette, ni cocotte ?

Ma mère avait l'air vraiment triste.

Et la voir comme ça m'a vraiment rendue encore plus triste. Toute ma vie des derniers mois a défilé dans ma tête et je me suis soudain sentie complètement vide. Je suis partie dans ma chambre pour avoir la paix.

19h10

Je caresse Sybil dans le cou (elle adooooore ça) et, pendant qu'elle ronronne, je lui dis :

– Tu me comprends, hein, toi, ma Sybillou ? Tu sais ce que c'est d'avoir perdu tes deux parents... Mais t'inquiète pas. Je suis là, moi. Je ne te laisserai jamais toute seule. Je vais toujours être là. On ne se quittera jamais.

19 h 12

Alors que je commence à pleurer, Sybil vient sur moi et commence à lécher mes larmes. Je la trouve tellement mignonne que ça me fait rire.

19 h 15

Ma mère entre dans ma chambre sans frapper et vient s'asseoir à côté de Sybil et moi.

Ma mère : Tu sais, Aurélie, je comprends comment tu te sens.

Moi : Tu ne peux pas comprendre.

Ma mère : Explique-moi.

Moi : Je ne veux pas que tu partes en voyage !

Ma mère : Pourquoi ?

Moi : Parce que ! Je ne partirais jamais sans Sybil, moi !

Ma mère commence à caresser Sybil qui ronronne maintenant très fort.

Moi : Qu'est-ce que je vais faire s'il t'arrive quelque chose ?

Ma mère : Quoi ?

Moi : Genre un accident d'avion ?

Ma mère : Ça n'arrive pratiquement jamais.

Moi : Mais ça pourrait arriver ! Papa avait une chance sur combien d'avoir une embolie pulmonaire ? Et il en a eu une.

Ma mère : C'est différent.

Moi : Dans le fond, je le sais, ce que tu veux faire ! Tu veux effacer papa !

Ma mère : Non.

Moi : Si ! Et c'est pour ça que t'as voulu tout repeindre.

Ma mère : C'était ton idée !

Moi : C'est toi qui as insisté !

Ma mère : Écoute… J'avoue que quand j'ai découvert mes sentiments pour François, je voulais qu'on repeigne pour partir sur… des nouvelles bases. Tu comprends ?

Moi : T'as voulu l'effacer ! C'est juste que tu le dis avec d'autres mots !

Ma mère : Je ne veux pas l'effacer, mais le mettre dans mes souvenirs plutôt que dans mon quotidien. Il faut que je recommence à vivre. Autant pour moi que pour toi. J'ai passé des années à être malheureuse. Je suis certaine que tu veux que je sois heureuse. Tu me l'as dit toi-même que j'étais un zombie avant.

Moi : Si jamais il arrive quelque chose et que ton avion explose et que tu vas au ciel, qui tu vas choisir entre papa et François Blais ?

Ma mère : Tu sais que je ne crois pas à ces choses-là.

Moi : Mais *moi*, j'y crois.

Je lui lance un regard implorant, rempli de larmes que la colère me permet de retenir.

Ma mère (après une grande inspiration) : Ton père sera

toujours mon grand amour. Je veux juste arrêter d'être desséchée à l'intérieur et recommencer à avoir une vie normale. J'ai envie d'être heureuse. Je ne me supporte plus autrement.

On se regarde et, après un silence, elle dit calmement :
— Tu sais, je réalise que ce n'était pas une bonne idée de m'organiser un voyage. C'est peut-être trop tôt. Je vais annuler.

Moi : C'est vrai ?

Ma mère : Je vais remettre ça à plus tard, ce n'est pas le bon moment.

Moi : Oooooooh ! Merci, maman.

Et je l'ai serrée très fort dans mes bras. Puis, quand elle est ressortie, j'ai dit :
— Tu peux me donner des petits noms, t'sais, si tu veux. Mais pas en public.

J'ai un exposé oral aujourd'hui à faire en français. Le sujet est libre. On peut parler de n'importe quoi. Hier soir, j'étais tellement émotive que j'ai écrit un poème. Tous mes sentiments des derniers mois se sont mélangés et j'ai écrit, écrit, écrit. Tommy m'a même composé de la musique pour aller avec mon poème, qu'il trouve super beau.

14 h 45

Je suis la cinquième à passer. Je tiens dans mes mains la feuille sur laquelle est écrit mon poème et, en regardant toutes les têtes dans la classe, je deviens très nerveuse. Tous les uniformes que portent les filles de la classe deviennent flous et je ne vois qu'une masse informe.

Je dépose la radio sur le bureau de Marie-Claude et je démarre la musique que Tommy a composée et gravée sur un CD.

Après avoir avalé ma salive, je lis :
– *Emprisonné*, par euh (mes jambes tremblent)… moi,
Aurélie Laflamme.

Il est enfermé
Le beau prince charmant
Dans sa forteresse, il est gardé
Et il y restera longtemps

Pour son amour
Il va payer
Non pas sur du velours
Mais bien séquestré

Le prince charmant
Jamais n'avait rêvé
Jusqu'au jour où une belle à sa fenêtre chantant
Est venue le délivrer

Prince désiré, il était
Par les riches femmes du royaume
Mais c'était la dame mystérieuse qu'il aimait
Alors, jalouses, ses courtisanes lui ont retiré son trône

Et c'est comme ça que c'est arrivé

Le prince est maintenant bien chambré
Son lit à baldaquin, il l'a oublié
Il dort maintenant sur de l'osier

Chaque soir, elle chante à sa fenêtre
La belle jeune fille mystère
Il voudrait mieux la connaître
Même si c'est elle qui a causé ses misères

Elle était venue pour le délivrer
Et elle a réussi
Car maintenant, il sait rêver
Il rêve du jour où ils seront réunis

J'arrête la musique et j'explique la symbolique de mon poème :

– Euh… (je tournicote nerveusement une couette de cheveux). Le prince charmant représente mon cœur. Il y a longtemps, j'avais mis mon cœur en prison pour me protéger des sentiments trop forts. Pis un jour, quelqu'un de vraiment gentil m'a permis d'oublier ma carapace. Et là… j'ai mal. Comme je n'ai jamais eu mal. Mais je suis contente d'avoir ressenti… quelque chose. Quelque chose de beau. Le seul problème, c'est que maintenant, tous mes sentiments sont libérés et que je ne sais plus comment les contrôler. Quand on a eu le cœur brisé, on a peur de nos sentiments. Mais s'ouvrir, quitte à avoir de la peine de nouveau, ça fait… se sentir en vie. Un ami m'a dit l'autre jour qu'avoir de la peine fait partie de la vie. Et parfois, on vit des choses difficiles, mais il faut passer par-dessus et continuer à rêver. Merci.

15 h 10

J'ai quitté la salle de cours en courant pendant que les filles de la classe m'applaudissaient. Je suis ensuite sortie de l'école en trombe. Je n'ai pas mis mon manteau. De toute façon, il fait chaud. Ma mère dirait sûrement : « En avril, ne te découvre pas d'un fil. » Ma mère, ma mère, ma mère. Qu'est-ce que j'ai fait ?

15 h 15

J'ai pris l'autobus. Anxieuse d'arriver à destination le plus tôt possible, je fais sautiller ma jambe droite et je crois que ça énerve le monsieur assis à côté de moi.

15 h 35

Je suis sortie de l'autobus. Et j'ai couru, couru, couru. Tous les événements des derniers mois se bousculent dans ma tête : mon premier amour, tous mes mensonges à Kat, le premier petit ami de ma mère depuis le décès de mon père, mon père, le Bugs Bunny qu'il a gagné pour moi, Tommy, mon voisin fatigant responsable de mon malheur et devenu ami, mes mauvais résultats scolaires, mes efforts pour me sortir la tête du bocal (totalement métaphorique) et je continue de courir, courir et courir.

15 h 45

Je suis arrivée devant le grand building. J'ai pris l'ascenseur. La petite musique tranquille ne collait pas du tout avec les battements de mon cœur qui faisait poum-poum-pi-poum, poum-poum-pi-poum.

15 h 47

Ding ! L'ascenseur est arrivé au bon étage. J'ai couru devant le bureau de la réceptionniste, j'ai dépassé des cubicules où des gens travaillaient. Je n'entendais plus la musique, seulement mon cœur battre, ma respiration haletante, le bruit de mes pas sur le sol et celui du frottement de la jupe de mon uniforme scolaire sur mes jambes quand je courais.

15 h 48

J'ai aperçu ma mère qui travaillait devant un écran plat. Elle avait ses lunettes et s'est tournée vers moi.
Ma mère : Qu'est-ce que tu fais là, cocotte ?

Moi : Je suis venue te dire de ne pas annuler ton voyage.
Ma mère : C'est trop tard… J'ai déjà dit à François que…
Je suis sortie du bureau de ma mère et j'ai couru dans tout l'étage à la recherche du bureau de François Blais. Puis je l'ai trouvé. Il parlait à quelqu'un dans le couloir. Il était un peu incliné parce que la personne à qui il parlait était plus petite que lui. J'ai attrapé son bras et j'ai dit :
– François, n'annule pas le voyage avec ma mère. Tout est ma faute.
J'ai laissé faire mes formules de politesse (distance) pour cette fois-ci.
François Blais : Ce n'est pas grave, Aurélie. On partira plus tard.
Moi : NON ! Je veux que vous y alliez. Je veux que ma mère soit heureuse !
(Dans ma tête : Même si c'est avec toi et que ça se peut que tu sois machiavélique, Diabolo-Man !)
Ma mère (qui était derrière nous) : Oh, ma cocotte…
Je me suis approchée d'elle et je lui ai dit tout bas :
– Tu te rappelles, on avait dit pas. En. Public.
Ma mère m'a prise dans ses bras et elle m'a dit :
– Je t'aime, ma belle choupinette.
Ses collègues de travail ont fait :
– Ooooooooooh !

Je me libère de son étreinte et je lui dis :

— Y a juste un petit problème par contre. Si tu pouvais garder ton haut de Bikini pendant toutes tes vacances, ce serait vraiment cool.

Ma mère : Ha ! Ha ! Ha ! OK, promis.

Ma mère a mis son bras autour de mes épaules et m'a entraînée vers son bureau en disant :

— Viens, on va appeler Denis Beaulieu pour lui dire que tu es ici. Je me demande si je ne devrais pas te donner une punition pour être partie de l'école.

Moi : Ha. Ha. Très drôle.

20 heures

Je suis sur mon lit, en train de faire mes devoirs, que Kat m'a apportés. (Très pratique d'avoir une amie qui connaît notre combinaison de casier.) Voilà mon plan d'attaque pour les prochains mois : 1) rattraper mon retard dans mes cours, 2) profiter du temps qu'il me reste avant de devoir quitter la ville *et* ma meilleure amie, 3) ne plus penser à Nicolas (surtout, ne pas faire d'obsession sur le fait que sa dernière vision de moi soit avec une crotte d'oiseau sur la tête), bref 4) ne penser qu'aux choses positives.

Dernière étape : l'acceptation

Hum… Pour celle-là, je crois que ça va prendre un peu plus de temps. Je me demande combien, au juste. Je crois que la vérité, c'est que même si j'arrive à avoir un peu moins de peine, je n'oublierai jamais Nicolas. Et c'est tant mieux. Car si j'efface mon image de crotte d'oiseau, je n'arrive à me rappeler que de bons souvenirs avec lui.

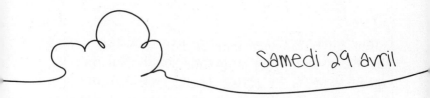

Samedi 29 avril

Je reviens de chez Tommy, où on a regardé un film, lui, Kat et moi. Ces deux-là s'entendent beaucoup mieux depuis que Tommy a promis qu'il ne mangerait plus de cheval dans les fondues chinoises et qu'il feint de s'intéresser à tout ce que dit (à répétition) Kat au sujet de son camp d'équitation. Ils n'en sont peut-être pas au point de comprendre qu'ils sont faits l'un pour l'autre, mais pour l'instant, c'est cool que mes deux seuls amis s'entendent bien.

21 h 3

En rentrant chez moi, je remarque que les lumières sont éteintes et que la maison n'est éclairée que par la lueur de la télé. Ma mère regarde un film avec François Blais et semble heureuse (si j'étais fleur bleue, je dirais qu'elle irradie de bonheur). Je leur souhaite une bonne soirée et je me dirige vers ma chambre.

21 h 5

J'enfile mon pyjama et je place mes écouteurs d'iPod sur mes oreilles. Sybil vient me rejoindre sur mon lit. Elle me regarde, fait « rrrrou » et avance son nez vers le mien pour me donner un bisou. Une chance que je l'aie. Et je passerai tout l'été avec elle. Et ma grand-mère, bien sûr. Je la regarde (Sybil, pas ma grand-mère) et je n'en reviens pas de voir combien, en quelques mois, elle a grandi. En lui caressant les oreilles et le cou, je me dis que je devrais la prendre en exemple et grandir moi aussi. Après tout, je vais avoir quinze ans cet été. Il est temps que je devienne plus mature.

Remerciements

Merci à :
Simon.
Ma famille : Gi, Mom, Pa, Jean et Patricia.
Mélanie Robichaud, Mélanie Beaudoin, Maude
Vachon, Nadine Bismuth, Mélanie Campeau, Nathalie
Slight, Michelle-Andrée Hogue, Julie Blackburn, Emily
Brunton.
Michel Brûlé et les Intouchables.
Isabelle Maroger.
Josée Tellier.
Judith Landry.
Ingrid Remazeilles.
Elsa Lafon, Dorothy Aubert, Anissa Naama, Silvana
Bergonzi, Clara Féquant et tout le monde des éditions
Michel Lafon avec qui nous échangeons des expressions
françaises et québécoises !
Et, surtout, merci au merveilleux être humain qui a eu
l'idée d'inventer le chocolaaaaaaat !

À découvrir dans le tome 3...

Un été chez ma grand-mère

Dimanche 7 mai

Bonjour, je m'appelle Aurélie Laflamme, j'ai quatorze ans, bientôt quinze, et je suis une chocoholique. J'ai cherché dans le dictionnaire, et ce mot n'existe pas. Le fait de devoir inventer un mot pour me définir constitue la cent millième preuve que la race humaine et moi, ça fait deux.

307

Je me suis récemment découvert une passion sans bornes pour le chocolat. Pas que je n'aimais pas ça avant. J'aimais ça. Mais depuis quelque temps, ça dépasse l'explication rationnelle. Et manger du chocolat est devenu une de mes nouvelles, disons, habitudes (c'est peut-être aussi une dépendance et/ou une obsession).

C'est la faute de Pâques, aussi ! Il y a du chocolat partout. Et on en reçoit plein (jamais trop) en cadeau. Le chocolat (et peut-être aussi un peu les lapins, dans le cas précis de la fête de Pâques) a une grande importance dans notre société (et dans mon estomac, surtout – pas les lapins, le chocolat). Mmmm… le chocolat, c'est tellement bon. Et ce n'est pas dans mon estomac que je l'aime le plus. C'est lorsqu'il est dans ma bouche, juste avant de l'avaler. Je n'ai qu'à me passer un bout de chocolat sous le nez et j'oublie tous mes soucis. Je me perds dans l'odeur de chocolat qui emplit mes narines. Qu'est-ce que ça sent ? Je ne peux le décrire. C'est une odeur unique. Celle du choooocooooolaaaaat. Et lorsque je l'ai bien senti (jusqu'au point où il n'émet plus aucune odeur), je le goûte et ohhhh, c'est l'extase totale ! J'ai l'impression que mes papilles gustatives dansent sur ma langue. J'ai l'impression que mes papilles gustatives ont de petits bras qu'elles agitent en l'air et qu'elles crient : « Encore, encore, encoooooooore ! »

15h32

Humaniser mes papilles gustatives me perturbe un peu. Surtout que je n'arrive pas à les humaniser plus qu'en les imaginant comme de grosses boules roses avec des yeux globuleux et des bras informes, également roses, sans mains, sans doigts mais avec un pouce. Je me demande ce que sœur Rose, ma prof de bio, penserait de mon image des papilles gustatives. Au moins, je sais que mes papilles sont heureuses grâce au chocolat que je mange en ce moment... Miam-mioum-mioum-miam.

15h37

Moi : Mamaaaaaaaan !!! Téléphoooooooone !

Ma mère arrive dans la cuisine. Elle prend le téléphone, met sa main sur le combiné et chuchote :

– Aurélie, ne crie pas dans les oreilles des gens qui appellent, c'est impoli. Appuie sur la touche « mise en attente ». (Elle enlève sa main du combiné.) Oui, allô ? Allô ? Allô ? AAAAALLLLLÔÔÔÔ ? ! ?

Moi : J'avais appuyé sur la touche « mise en attente », tu sauras.

Ma mère (qui ne le laisse pas paraître, mais qui se sent sûrement super mal de m'avoir sermonnée pour RIEN) appuie sur la touche et commence à parler à ma tante

Louise, sa sœur. Sa conversation donne ça : « Mik mik mik mik mik mik mik, mik mik mik mik mik mik mik. » Et je retourne dans ma chambre.

15h38

Il y a une phrase que je ne suis plus capable d'entendre (et qui devrait être bannie de la surface de la planète selon mon opinion personnelle) et que ma tante m'a lancée, juste avant que j'appuie sur la fameuse touche « mise en attente » : « Un de perdu, dix de retrouvés. » Depuis que c'est fini avec Nicolas, je ne compte plus le nombre d'adultes qui m'ont dit ça. Comme si ça allait me faire du bien. Comme si ça allait vraiment me consoler. Comme s'ils pensaient que la peine que je vis est totalement vide de sens et que cette phrase allait tout arranger. Comme si, quand ils la prononcent, je me disais : « Ah, ben oui ! je n'avais pas pensé à ça ! Maintenant que Nicolas m'a laissée, ça laisse la place à dix débiles d'entrer dans ma vie. Je vais sortir avec dix mecs qui ne sont pas Nicolas et je vais être teeeeeeeeeeelleeeeeeeeemeeeeeeeeeeeeent plus heureuse avec les dix nouveaux mecs ! » Donc, si je me fie à leur réflexion, j'en conclus que pour me consoler de ma peine, les adultes veulent que je sorte avec DIX GAR-ÇONS !!!!!!! Quelle idée stupide/énervante/pas rapport ! Heureusement, Kat ne m'a jamais dit cette phrase.

310

Ç'aurait été vraiment indigne de la part d'une meilleure amie. Et elle, qui a aussi vécu un chagrin d'amour (je ne comprends pas trop pourquoi, parce que c'était avec Jean-David Truchon, alias Truch, un mec vraiment craignos – P-S : Ne pas le lui dire, pas à Truch mais à Kat. Hum… ne le dire finalement ni à l'un ni à l'autre), sait à quel point les adultes qui nous disent « un de perdu, dix de retrouvés », on aurait seulement envie de les fracasser contre le mur.

Bon. Évidemment, je suis une fille pacifique, je ne fracasserais personne contre le mur. Ce serait un peu exagéré que quelqu'un me dise une simple petite phrase (sans conséquence si je me bouche les oreilles ou si je mange une barre de chocolat avec des cacahuètes et que le croquant m'empêche d'entendre) et que, soudainement envahie d'une force surhumaine (à cause de toute la colère et la frustration que cette phrase me fait ressentir), j'envoie valser dans le mur la personne qui aurait osé la dire.

En plus, il y a une semaine, j'ai décidé qu'il était temps que je devienne plus mature. Alors, fracasser quelqu'un contre le mur ne serait pas, disons, raccord avec ma résolution. Donc, depuis une semaine, je regarde les infos à la télé pour me renseigner sur ce qui se passe dans le monde (rien de trop réjouissant), j'étudie (pas le choix, mes notes sont en chute libre), j'essaie de dire des choses très spirituelles du genre : « La planète a grandement besoin qu'on s'en occupe » (quand je dis cette phrase – une fois, cette semaine –, je m'imagine porter des lunettes, car ça fait plus sérieux).

Être mature, ce n'est pas si cool que ça en a l'air. Alors, je mange du chocolat. Ça, c'est vraiment, vraiment, vraiment, vraiment cool ! C'est mon petit plaisir personnel.

J'ai rangé tout le chocolat que j'ai reçu à Pâques dans ma chambre et, chaque fois que j'en ai l'occasion, je viens ici (ma chambre, nouvellement peinte en rouge cerise et rose) et je mange mon chocolat compulsivement. Ce qui me permet une perpétuelle euphorie intempestive (voilà le genre de phrase très mature que je dis maintenant, car le chocolat stimule mes neurones !) et un bonheur sans nom (ha ! ha ! ha ! « bonheur sans nom », quelle expression bizarre, quand même ! Ha ! ha ! ha !). C'est grâce au chocolat que je ris de petites choses simples de la vie comme l'expression « bonheur sans nom ». Ha ! ha ! ha !

15 h 48

Le bonheur ne s'appelle pas Robert, il ne s'appelle pas Gilles, ni Jean-Guy : il ne porte pas de nom ! HA ! HA ! HA ! HA ! HA ! HA ! HA ! HA ! HA ! HA ! (Soupir.) Je dois m'essuyer un début de larme sur le bord de l'œil droit tellement je ris !

16 heures

Ma mère a raccroché. Elle me dit :

– Loulou m'a dit que tu lui avais raccroché au nez.

Moi (après avoir levé les yeux au ciel) : Je ne lui ai pas raccroché au nez, j'ai simplement appuyé sur la touche « mise en attente », comme tu me l'as toujours demandé. Tu devrais être contente !

Ma mère : Oui, mais tu l'as fait avant de lui dire « un instant ».

Moi : J'imagine que si elle remarque que ça ne parle plus à l'autre bout du fil, elle peut *deviner* que quelqu'un recommencera à parler dans « un instant », et que, si jamais la ligne a été coupée, à cause d'un, disons, problème technique, elle n'aura qu'à rappeler. Donc, elle n'a qu'à attendre « un instant » sans que quelqu'un soit obligé de lui *préciser* que c'est ce qu'elle doit faire. Elle ne connaît pas la logique ? (Évidemment pas, puisqu'elle croit que ça me consolerait de mon chagrin d'amour de sortir avec dix garçons en même temps... Tsss !)

Ma mère : Aurélie, franchement ! Je ne sais pas ce que tu as ces temps-ci, mais je te trouve un peu à cran.

Et c'est ma mère qui dit ça. Ma mère qui, lorsque mon père est décédé, est entrée dans une léthargie de zombie

313

qui a duré cinq ans, et qui s'est terminée quand elle a décidé de faire le tri dans sa garde-robe et de repeindre la maison. Sans oublier qu'après ce grand ménage (que ma mère appelle « changement d'énergie ») elle est sortie avec François Blais, une des personnes qui m'énervent le plus sur cette planète. Sans compter que ma mère s'appelle France et que son petit ami s'appelle François. Pfff ! C'est comme si je sortais avec un... Aurélien ! Ça n'a pas de sens ! Et ce n'est pas le pire du pire du pire. Le pire du pire du pire, c'est que ma mère (France) et son petit ami (François) partent un mois cet été en... France ! Une chance que le chocolat existe, sinon je trouverais la vie carrément absurde !

16 h 32

D'ailleurs, si je peux me permettre un tel, disons, excès, c'est que ma mère ne se souvient plus que j'ai reçu tout ce chocolat (totale Alzheimer) et qu'elle ne sait pas qu'il est dans ma chambre. Elle croit que manger des cochonneries m'empêche d'avoir de bons résultats scolaires ! Pfff ! C'est totalement faux ! La semaine dernière, le chocolat (et l'attente de) m'a permis de rester éveillée pendant mes cours. Les profs étaient tellement ennuyeux que je dormais les yeux ouverts pendant qu'ils parlaient (eh oui, ça se peut, surtout en maths) !

16 h. 34

Si je tape « chocoholique » dans Google, 111 000 résultats s'affichent. Je suis émue. C'est la première fois que je me sens vraiment faire partie d'un groupe.

20 h 1

« Bonheur sans nom. » HA ! HA ! HA ! HA ! HA ! HA ! L'expression à elle seule m'en procure un ! La vie est si belle quand elle est agrémentée de chocolat et d'expressions bizarres !

*Composé par Nord Compo Multimédia
7, rue de Fives, 59650 Villeneuve-d'Ascq*

Imprimé en Espagne
Dépôt légal : mai 2013
ISBN : 979-10-224-0010-7
POC 0030